你的目光

王威廉 著

南方出版传媒
花城出版社
中国·广州

图书在版编目（CIP）数据

你的目光 / 王威廉著. -- 广州 : 花城出版社,
2022.3
ISBN 978-7-5360-9681-3

Ⅰ. ①你… Ⅱ. ①王… Ⅲ. ①中篇小说－中国－当代
Ⅳ. ①I247.5

中国版本图书馆CIP数据核字(2022)第030918号

插画绘制&视觉设计：刘　菁

出 版 人：张　懿
责任编辑：杜小烨
美术编辑：姚　敏
技术编辑：凌春梅

书　　名　你的目光
　　　　　　NI DE MUGUANG
出版发行　花城出版社
　　　　　　（广州市环市东路水荫路11号）
经　　销　全国新华书店
印　　刷　深圳市福圣印刷有限公司
　　　　　　（深圳市龙华区龙华街道龙苑大道联华工业区）
开　　本　880毫米×1230毫米　32开
印　　张　7.5　6插页
字　　数　90,000字
版　　次　2022年3月第1版　2022年3月第1次印刷
定　　价　58.00元

如发现印装质量问题，请直接与印刷厂联系调换。
购书热线：020-37604658　37602954
花城出版社网站：http://www.fcph.com.cn

当我们不再沉溺所见

世界的目光迎面而来

1

大约五年前，我给自己定了上班时间。从那天起，我一次都没迟到过。

不过，请原谅我的懒惰，我给自己定的上班时间是上午十一点，如果这还迟到的话，自己都无法原谅自己。

今天我就没法原谅自己，眼睁睁迟到了。

“崽，你啥时能结婚啊？”出门前，母亲忽然提到这事。她都不是在问我了，而是喃喃自语着绝望叹气。

我快四十岁了，年近不惑，却已单身五年。自从我戒断网络游戏后，对现实世界的反应相当迟钝。跟“丽影女侠”在游戏里一边打装备一边肆意聊天的时光偶尔会在脑里浮现，可那个世界已经不存在了。“丽影女侠”彻底消失了，仿佛从没出现过。我和她算是在一起过吗？我们什么都聊，包括各种隐私与禁忌，但我从来不知道她长什么样，也许那是个男人或是AI。当陪聊软件出现后，我越发觉得后者的可能性更大。我是一个可悲的实验品，无偿给机器贡献着自己的数据。

假若母亲天天念叨，日日催婚，我肯定麻木地应付着，该出门就出门，那一定不会迟到。可这么多年来，母亲从来不问我的私生活，包括逢年过节的时候。母亲的这种包容让我逐渐觉得母亲对此事是无所谓的，我也心安理得，乐得逍遥。

但天底下哪有母亲对儿女婚事是无所谓的？这不，终于来了。

“阿妈，你怎么突然说这个？”我尴尬地笑着，伸出去开锁的手缩回来放在裤兜里。

“这句话我忍了六年了。”原本低头编制“小兔子”的母亲抬起头，用凄楚的眼神看着我。“小兔子”是花灯，元宵节才用的，但多年来母亲几乎花了全部精力在上边。她的手工活堪称精湛，手头好几个花灯都是别的地方订购的，也卖了点钱，但那点钱跟她的付出相比，完全不值一提。

“怎么是六年？”我跟她较真起数据，这显然是避重就轻。

“怎么不是？”母亲掐着指头算起来了。

母亲当然不知道“丽影女侠”的存在，而且，就算她知道，她也一定无法理解。

在“丽影女侠”之前，我谈过一场马拉松式的恋爱。我很少回忆她，不是因为我忘记了，而是因为其中有太多无法面对的青涩羞耻。于是，她的名字被我折叠进了记忆深处，那就像是一个地雷的引信，禁止触碰。

“这个得靠缘分，强求不来。”我的手重新放在了门把手上。

母亲忽然笑了，原本悲戚的表情被笑容覆盖。我震惊于她的变化，不免担心她：“妈，你没事吧？”

“我昨晚梦见你阿爸了，他说阿良会好的。”

原来如此，一场梦。

“知道了。”我终于松口气，扭开门锁，一边走出门一边跟她道别。

母亲忽然站起身，追着我说：“崽，你阿妹和妹夫今年一直凑钱想买房，需要付首期，你帮帮她啦，借钱给她。”好家伙，这不是我想听的。倒不是我不想借钱给妹妹，而是原本就不需要花那么多钱去买房。要是父亲还在的话，就不会有这个事情。我不想在刚准备一天工作的时候，想起苦命的父亲。

“阿妈，这种事晚上再聊吧，我迟到了！”我真急了，匆匆忙忙从家里逃走。

我开着新买不久的电动汽车，向“国际眼镜城”驶去，不一会儿我就看到了它的目光。眼镜城跟别的高楼大厦不同，它是有目光的，因为在它正中的显著位置上，镶嵌着一副巨大的黑框眼镜，楼房那双看不见的眼睛通过它，探望着周围的一切。我总觉得它能看穿我的心思，我想些什么，它都知道。于是，我便在心底跟它默默对话。它总是鼓励我，让我在它的肚子里好好工作。我在锁好车门、钻进电梯之前认真思考它的建议，然后在电梯上行时告诉它：那就今天再试试？就今天。

电梯门打开的瞬间，我看到店牌“合金目光”稳稳挂在那里，心里感到踏实。我掏出钥匙，打开店门，室内的灯自动亮了，无数眼镜对着我，无数隐藏的眼睛望着我。我的目光避开它们，落到墙上的那幅书法作品上：“黑夜给了我黑色的眼睛，我却用它寻找光明。”这是诗人顾城的名句，也是我的镇店之宝，来买眼镜的客人都会看到，因为我在它旁边放的是视力测量表。我帮他们验光的时候，这句诗就会自动投射到他们的视网膜上，从而进入他们的内心。很多客人都会对我好感大增，从而更愿意在我这里买眼镜。

这座大楼里有上百家眼镜店，在哪家买不是买？买的时候一定要让人家对你有认同感。这样说来，这好像是我的商业营销策略，其实也不全是，我喜欢在发呆的时候反复读那句诗，总觉得有什么东西在给我鼓劲，尽管我对那劲头是什么、往哪里使并不十分清楚。

我看着顾城的诗，想起母亲此前的质询，竟然又陷入了回忆。

“丽影女侠”消失后，我不仅要戒除网瘾，还得疗愈情伤。我至少明白了，爱情确实是可以完全抽象的。为了打发时间，我钻进图书馆读小说，管它是不是世界名著，就近拿到什么读什么。我给自己定的规则是，不管是否喜欢，必须读完。后来我有个发现，凡是印象深刻的，多半还真的是世界名著。这让我对自己的品位有了那么一点点信心。

纸张比起屏幕来，对眼睛还是友好一些，但即便如此，我的视力还是持续下降，已经三百多度了。眼看着世界越来越虚幻，我决定给自己配一副眼镜。

我找到老同学国麟，他在眼镜城里开了家很大的店。我们的关系非常好，小时候一起在泥巴路上光着脚乱跑，读中学时一起逃课，长大后又读同一家专科学校。毕业后，他逐渐变成了一个极为稳重的人，按部就班地生活，现在已经有了两个孩子；而我，还是没什么长进，一份工作经常干不满半年。

“你随便挑，我送你！”他指着一排排眼镜，从近视镜、老花镜到墨镜，甚至还有潜水镜，应有尽有，怪不得他的店名敢叫“眼镜帝国”。

“那我不客气了。”

我摩拳擦掌，挑了半天，可总觉得在款式方面没有眼前一亮的，都太大众化了。没看到那种富有独特设计感的，不免略略有些失望。

“国麟，你不近视，不戴眼镜，所以你还是不理解戴眼镜的人。”我挑了一款式样还算稳重的眼镜，递给他的同时忍不住说了真话。

国麟不恼，我确信再过几年他就会变得跟廖叔一样严肃，谁让他们是亲父子呢？可我跟父亲之间有什么相似之处呢？我忽而心底闪过这样的念头。

“是的，阿良，我承认，我肯定没你理解戴眼镜的感受，我就是纯粹把眼镜当商品来卖。”国麟像对待客人一样，认认真真把包装袋整理好递给我，可语带讥讽道，“兄弟，要求那么高，你怎么不去当个眼镜设计师？”

眼镜设计师？那不仅要懂光学，懂合金材料，懂加工，还要懂艺术，我怎么行？我最多跟国麟一样，开间自己的眼镜店。这是我们这里的势，也是我们小人物的命。我们这里，十个人里有五个都在卖眼镜。三十多年前，廖叔趁着改革开放的契机，创办了我们这里的第一家眼镜厂，很有可能也是深圳的第一家眼镜厂。从此，这个产业在横岗像滚雪球一般，越做越大。等我记事的时候，便经常听到廖叔对远道而来的客人介绍说，全世界六到七成的眼镜都是这里生产的。我倒是想以此为家乡骄傲一番的，但他那表情严肃刻板，郑重其事，毫无炫耀，跟当年谈论水稻产量没什么区别，我也就没必要自作多情了。更何况，其中也没有我的丝毫贡献。

开了自己的眼镜店后，除却上班路上的微弱兴奋，其他时间我依然感到极度乏味。即便是多卖了几副眼镜，多赚了千把块钱，也不能让自己真正开心起来。我只能靠给自己安排行动表来活着。行动表不是计划表，计划表每个人都做过，是为了某个目标而安排工作。而行动表则是对时间的连续性失去了感觉，必须把每天的琐事写在纸上，比如喝杯水，叫外卖，丢垃圾……这类破事都一一在列，然后再照着上边的指示去行动。完全是按图索骥。这自然不是失忆，这是一种停滞和麻木。

唯一能让我感兴趣的，竟然还是眼镜设计。

进货的时候，看到有些造型板正的眼镜，不免想到如果在这里或那里调整一下，应该会好很多。再后来，就想如果我能为自己设计一款造型独特的眼镜该多好。每天的生活千篇一律，而眼镜却能传达出不一样的东西。国麟的讥讽在耳边响起：你怎么不去当个眼镜设计师？我越想越恼火，我怎么就不能当？我在本子上画着草图，想象着眼镜的样子。

但很快，我就陷入了迷茫。每一个环节都让我举步维艰。尤其是迟到的今天，节奏全乱了。

这时，走进来一个女人。

店里每天会来很多顾客，我都会象征性地招呼一下，但这个女人与众不同，我看到她的瞬间就感到了某种紧张。她披着长发，身形瘦削，穿着飘逸的黑色长裙。她的步伐轻盈，气质优雅，尤其让我眼前一亮的是她戴的眼镜。这自然是我的职业习惯，对别人脸上的眼镜总是会不经意地多看几眼。她的眼镜款式与众不同，镜片的弧度很大，从她鼻翼下缘飞掠而过，提升了她的脸部线条；镜腿上不仅有细腻的手工雕花，上边还悬垂着细细的银色链条，从两鬓绕到白皙的颈后。当她转头的时候，铂金链子就垂放在她的锁骨窝里。而且，镜片后的眼睛很美，顾盼传神，焕发着明亮的光泽。她在店里转了一大圈，挑了一款眼镜拿在手里。她把自己的眼镜摘下来，轻轻放在柜台上，然后对着镜子试戴起来。那一瞬间，我鬼使神差，没有征询她的同意，就把她放在柜台上的眼镜拿在手中端详起来。

她回过头来，看到我拿着她的眼镜，脸色突变，本能地叫了声：“哎！”

我从来没被顾客呵斥过，我立即意识到自己的行为是不妥的。我想赶紧放回去，可心一慌，手一抖，她的眼镜瞬间做了自由落体，掉在地上。地面是大理石的，眼镜碰在上面发出清脆的声音，并随即弹出去挺远。幸好镜片是树脂材料的，否则一定会粉身碎骨。

“对不起，对不起……”我脑袋里一片空白，已经尴尬到了惊惧的程度。我赶紧蹲下身去捡眼镜，可肥胖的肚腩抵抗着我的控制，我竟然摔倒在了地面上。我顾不得许多了，爬到了眼镜前，伸手将眼镜紧紧攥住，仿佛这是只会随时逃走的兔子。我起身，将眼镜递给她。我勾着头，满脸通红，狼狈到了极点。

我的狼狈引发了她的恻隐之心，她说：“没事，没事，是我刚才反应过度了。”她纤细的手指抚摸着自己的眼镜，说，“因为这是我给自己设计的第一款眼镜，所以它对我有着特别的意义……”

听到这是她自己设计的眼镜，我心中的角落被瞬间照亮，竟然暂且忘记了自己的狼狈，声音发颤地问她：“你是眼镜设计师？”

“我是设计师，我设计眼镜，也设计别的一些饰品，包括珠宝，”她应该是为了弥补刚才的失态，在很有耐心地跟我说话，“不过我最喜欢的还是眼镜设计，也许是因为我自己近视，有这个刚需。”说完，她对我微笑了一下，嘴角出现了两个酒窝。

“我也是……”

“你也是设计师？”她看着我的眼神有些迷惑。

“我也是……近视眼。”我伸手不自觉地扶了扶眼镜。我戴着这款大路货，完全不敢提自己有多么向往眼镜设计。

“看得出。”她微微一笑。

气氛有点缓和，我便大着胆子说：“我就是特别喜欢你的眼镜。我开眼镜店这么多年，很少看到这么有个性的眼镜，所以有点激动，刚刚没经过你同意就……真是抱歉。”

“那你还是懂一点的。”她这才认真看了我一眼。

我们对视，我这才看清她在眼镜后的脸是偏瘦的，而毛茸茸的大眼睛显得有些忧郁。当然，那忧郁丝毫没有妨碍她眼睛的神采。

“冒昧地问，你是在哪里工作？”我跟她说每一句话，都得鼓足勇气。

“这些年我在香港，主要是读书，学设计，前不久我才从香港回到广州，”她没有移开目光，继续看着我说，“因为我家在广州，接下来，我想做的是品牌，自己的设计品牌。”

我自开店以来，没少听到什么马上要创业之类的话，可我第一次遇见要创业的眼镜设计师。机不可失，时不再来，我深吸一口气，站直了身体，对她说：“实不相瞒，我特别想学习眼镜设计，但是一直没有遇到合适的老师，你是我知道的第一个来我店里的眼镜设计师。如果你愿意的话，我想当你的学生，我可以给你提供各种眼镜材料，”我顿了一下，压低声音，“用最低的成本价。”

这番话像是在我心里演练很久似的，终于摆放在台面上。我怕她不信，赶紧指着一款最常见的钛金眼镜框报了一个价。我已经疯魔了，我居然在自己拿货价的基础上还打了个八折。我确信，她跑来眼镜城进货，肯定已经在其他店里了解过了，绝无可能碰到如此低的价位。

果然，她很是吃惊，眼镜下的银色链子微微颤动着。

“咦？没想到你……”她似乎觉得接下来的话不妥，又咽回去了，干脆说，“你真愿意给我成本价？你的材料质量过关吗？我可是专家，你骗不了我的。”她被突如其来的好事弄得有点乱，用装腔作势来掩饰她的小心思。她在商业上还是不够成熟，估计连我都不如。看来，她说自己毕业没多久要创业之类的话一定是真的，这让我对她的好感陡然上升。

“我骗你干什么，我感谢你还来不及呢。”我把目光落在了顾城的诗句上。她的慌乱让我替她难为情。

“先不急着感谢，我都没教你什么。”她站在那里，扭头又打量了一圈我的店，目光从顾城的诗句上滑过两次，然后说，“那就一言为定！”

我微笑着掏出手机，正想加她微信，她却从小包里掏出一张名片给我。现在名片已成了稀缺物，我双手恭敬接过，看到她的名字：冼姿淇。右侧用更小的字写着“设计师”三个字，下面是她的联系方式。

“我叫何志良，叫我阿良就好。”我当面拨通了她的电话，看着她存了我的名字，心中才踏实。

“谢谢冼老师。”我郑重其事地说。

她反而被逗笑了，但她的笑容很短促，很快恢复了严肃的状态。她看上去知性极了，比走廊广告上的眼镜模特都更有魅力。

我将她刚才试过的眼镜放进盒子里，再拿出牛皮纸袋装好，双手呈给她：

“这是拜师礼，请务必收下。”

“不用啦。”

“你就当这是教学用具，体验一下，回头告诉我感受，怎么样？”

我的真诚态度打动了她，她还有些犹豫，我递到她手边，她只得抬手接了过去。

“谢谢，谢谢冼老师。”我情不自禁地给她深深鞠了一躬。

我起身，发现她已经没影了。我是不是表现得太过夸张了？我愣怔了几秒钟才缓过神来。我走到门外，往走廊两侧张望，没看到她的身影。隔壁店的贤嫂对我投来疑惑的目光，我头一缩，像乌龟一样回到了店里。我坐在柜台前，在笔记本上写下了今天的第一句话：

努力成为眼镜设计师。

停了一会儿，我又写道：

午餐减半，开始减肥。

刚刚跌倒在地的丑态在我脑海里翻腾，这让我有很长一段时间都不敢看大理石地面。

在顾城诗歌的旁边，有面镜子，我从来不会主动去照，每当一不留神从镜子里看到自己的时候，我总以为有客人进来了。这些年来，我的姿势都是瘫坐着的——瘫坐着打游戏，瘫坐着读小说，瘫坐着看店，整个人胖了几圈，臃肿不堪。要不是有眼镜遮挡着，黑眼圈也会暴露无遗。因此，我从来不会考虑戴隐形眼镜这种东西。

冼老师在为自己设计眼镜的时候，也会考虑用眼镜遮挡一些隐秘的信息吧？

我似乎还能感觉到她在我店里留下的目光，那目光里的忧郁又是因为什么呢？

这个黑色笔记本是我精心挑选的，里边都是白纸，没有别的色彩，没有横纹，适合绘画。我打算画出想象中的眼镜草图。别笑我，目前只有一个。我想从最简洁的样式开始画起，每一款眼镜都会有一个名字，都会有我为它写的几句话。这不是诗，跟顾城的短诗不能比，但是，它们是我悟出来的，是我想赋予眼镜的灵魂。

店里的事务最多占用百分之二十的时间，剩下的时间都是等待。我一般望着顾城的诗或某副眼镜发呆，有时一两个小时就那样过去了。因此，我决定，给我设计的第一款眼镜命名为“凝视”。

它应该用银打造，还必须加入少量其他金属，如镍，形成合金，增大硬度。镜片被银合金紧紧包裹，仿佛经过镜片的目光也被紧紧包裹。从而目光拥有了白银的纯洁质地。

【凝视】

我不要我所见皆是虚无

我要从眼前的事物中洞穿一个小孔

看到你

型号：001

银重：约需20g

尺寸：53-19-140

原本我只想到第一句话，放置在那里有段时间了。见到冼老师后，我的心情久久不能平静。她刚刚离开，后两句话便在我脑中浮现。原来灵感可不是冥思苦想出来的，而是需要一个外界的关键性激发。我把后两句话写上去，反复看了几遍，觉得它终于完整了。

2

中午少吃了一半的饭，下午却有一种反常的兴奋。陆陆续续来了一些客人，卖了几副眼镜。从挣钱的角度来说，这是平平常常的一天，但因为遇见了冼老师，这一天从而变得与众不同。我闲下来靠在柜台上的时候，那种凝滞感有所减轻。

“哥哥，回家吃饭了！”妹妹打来电话，还亲切地问道，“今天生意怎样呀？”

妹妹虽然结婚了，但她和妹夫还没有自己的房子，因此，他俩跟我还有母亲，四个人挤在一起住。

她是一个很顾家的女孩，只要下班没事，绝对会第一时间赶回家，煮好饭。可在我心里，她似乎永远都是一个长不大的小孩子。她在我面前也确实像个小孩子，还像小时候一样嗲嗲地叫我“哥哥”。也许，她是想保有一份童年的天真。

要在以往，我会跟她说说生意的情况，但今天，我想起母亲要我帮她攒钱买房，我对她的话变得特别敏感。

“生意不好，快倒闭了吧。”我故意逗她，有种恶作剧的快感。

“哎呀，不会的啦，哥哥辛苦，先回家吃饭吧。”

中午吃得少，还真有点饿了。我回到家，推开门，就看到妹妹做好的一桌菜。

母亲说：“阿良，小细做了你最爱吃的酿豆腐。”

小细是妹妹的小名。妹妹做的酿豆腐确实很好吃，我暗自感到口水在分泌。这时，妹妹从厨房走出来，把围裙摘下来放在椅背上，笑着招呼我："哥哥辛苦了。"

这时，妹夫陈春秋也从厨房钻了出来，端着两碗米饭。在他面前，我这个当哥的总找不到优势。他身高一米八三，虎背熊腰，是典型的彪形大汉，多年前从陕西来深圳发展。妹妹其实接触了不少对象，我从没想到她最后选定了这么一个北方人。

妹夫话很少，大部分时候是个闷葫芦。要想让他打开话匣子，得跟他喝酒，然后聊聊中国古代的历史逸闻，那他兴致立刻就来了，滔滔不绝，说秦如何统一了南粤，说客家人与陕西人的渊源很深……好吧，我们客家人确实认为自己是从北方迁徙而来的。可惜我酒量不佳，就在他激动到手舞足蹈的时候，我脑袋里的眩晕越来越疯狂，我只能不管不顾地迅速躺倒，昏睡过去。

在失去意识的最后时刻，我经常会听见他说："哥，不管怎么说，我现在也是个客家人了。"

什么客家人，你就是个客人。

我总想这样怼他一下，但酒精已经麻醉了我的嘴巴。等我醒来后，他早去公司上班了。

陈春秋是搞IT的，跟深圳大街上背着电脑包、行色匆匆的路人甲差不多。我总记不住他所在的公司，反正不属于“BAT”。我第一次知道“BAT”这个莫名其妙的称谓还是妹妹告诉我的，她说：“春秋是个有理想的人，BAT不要他不是他的损失，是他们的损失。”

“你慢点说，什么B……A……T？”

“哥哥，你连这都不知道吗？就是百度、阿里巴巴和腾讯的第一个拼音字母啊。现在代指IT界的巨头公司。”

“他现在的公司叫什么？”

“叫……”妹妹笑了，“我也记不住。”

“不是华为？H不在BAT里边呀。”

“哥哥，你就别调侃他啦。”妹妹不乐意了。

不管陈春秋在哪家IT公司上班，但人家至少是这座科技之城的主潮部分。而我，就是个卖眼镜的。请不要误会，我这样说不是觉得卖眼镜丢人，而是我对自己的未来感到担忧：哪一天这里的产业升级了，乃至转移了，那我就卖不了眼镜了。难道那会儿我又去卖别的东西？情趣用品？等情趣用品店都变成无人销售，我岂不是又失业了？我是想说，我不是那种八面玲珑的生意人，因此，我想做点能够深入行业内部的事情，跟这个行业从一而终，才能真正感到踏实。说到底，这还是因为我迟钝吧，人生只能笨拙了，但这样也许可以求得一些深刻。

因此，我想成为眼镜设计师，并非为了跟国麟赌气，而是一个从我心底逐渐生长起来的愿望。

我渴望着只有一面之缘的冼姿淇老师能引领我一步步登堂入室。

夜深人静，他们都睡着了，客厅独属于我了。我小心翼翼地翻开笔记本，开始随意画。这款眼镜是半框的，下缘没有银的包裹，代表着目光的更多可能性。镜腿上有手工雕刻的云纹，云的变幻是无穷无尽的。

【无穷】

无穷是应该被排除的

因为无穷带来了渺小和痛苦

可你带来了无穷

人是应该活在无穷中

型号：002

银重：约12g

尺寸：54-17-140

我来到窗前，夜色是无穷的，附近街道的灯光还照亮着无人的木椅。天气潮湿，路灯带着光晕，像是夜晚也戴着眼镜，望着我。

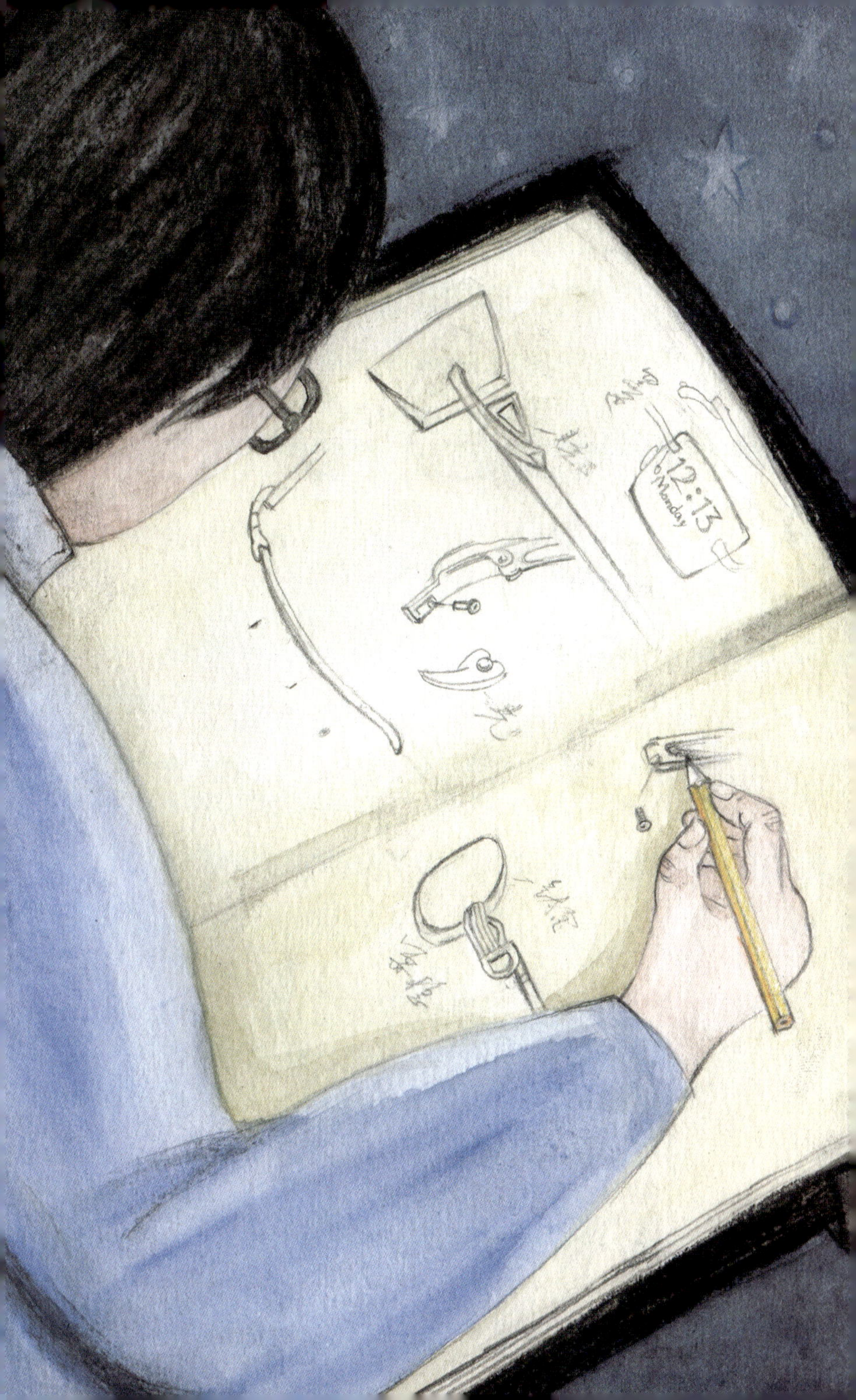
12:13
Monday

3

一个月后，接近十月底，天气终于变得凉爽。对深圳来说，这是一年中最舒服的时节。我没有收到冼老师的任何信息。我的生活重新回归平静。说平静，是骗自己的，准确地说，是重新陷入那种凝滞状态。

完全想得到，她要成立自己的设计品牌，有太多的事务要处理，一定很忙很忙，无暇顾及我这么一个无足轻重的人。当然，按理说，既然我拜她为师，应该主动去请教她，但我似乎失去了那样的动力，我像是陷入泥潭中一般，除了外力来营救，主观上已经无能为力了，找不到坚固的支点。

这天，我收到一个快递，看到寄件人那里只写了一个字：冼。我心中一颤，是她。我打开后，是一本书：《人体工程学》。在扉页上，她写了一句话给我："阿良，先从这本书认真学起。"

她竟然没有忘记对我的承诺，我在笔记本上认真写道：

开始阅读《人体工程学》，每天十页。

本来我预计读完这本书怎么也得用一个月，但阅读的热情远远超出了我的预想。十天后，我就读完了。我对眼镜设计有了许多感悟。我斟酌着语句，写了几点读书感想，用手机短信发给她。我本想直接给她打电话的，可还是胆怯。

过了一会儿，我的微信响了，有人添加我为好友。

对方叫“姿君”。显然，那正是她。很雅致的名称。原本加微信这件很普通的事，突然对我有了特别的意义。

她的微信头像是一个微笑的卡通女孩，眼睛很大，像她本人。这是她心目中自己的样子吗？我将这个头像保存在手机里。

“冼老师好！”我客客气气地给她发微信。

她表现得自然得体，对我这么快就读完这本艰涩难懂的书感到惊讶，她说她当年上学时，这门课差点不及格，因为觉得太冷硬了。但她后来发现，这门课对设计的帮助很大，能更好地理解人与设计对象之间的微妙关系。接着，她又给我推荐了两本书：《设计心理学》和《视觉思维》。

我如饥似渴地阅读。要是在学校时这么努力，我一定不会是今天这个样子吧。两周后，我又写了读书笔记，发给她求教。

她回复道：“打字太累了，我用语音留言给你，可以吗？”

“求之不得！那样我就可以反复听讲。”

她的一句话发来了。我点击时，一想到马上能听到她的声音，竟然嘴巴发干，有些紧张。

“阿良，我就讲讲眼镜吧，虽然你天天卖眼镜，你真的了解眼镜吗？”

这样一句话，我反复听了好几次。我很喜欢听她说话，别说声音和语调了，就连气息，也是熨帖的。

“愿闻其详。”我在对话框中连连作揖。

她不疾不徐地开始说话，一小段一小段语音出现在对话框，犹如一层层参差错落的阶梯。

我手指轻触阶梯，语音开始自动播放：

“你卖了多年眼镜，对眼镜的构造肯定已经很了解了，大致上都是由镜框、鼻梁、鼻梗、托叶、桩头、铰链、镜腿、挂耳这八个部分构成。眼镜设计，说白了，就是要在这几个小部件以及它们的搭配上花心思。看似简单，实则很难。材质、颜色与形状的一点点变化，就能很大程度上改变主人的气质类型，正是四两拨千斤。可就是那一点点的变化，却蕴藏着无限奥妙。因此，眼镜设计，还是人类学的，不仅要研究不同人的脸形与气质，还得理解人的内心与愿望。螺蛳壳里还能做道场呢，更何况眼镜事关心灵的窗户。”

我在对话框里频频点头，鼓掌，献花。

“做设计，是知易行难，”她继续说，“看上去简简单单，大概知道是怎么回事，但一动手，方才发现不是那么回事。大部分时候，是具象不如想象，偶尔赶上运气好了，具象才能超越想象。因此，我们可不能靠运气，要靠思想，靠对世界的深刻认识，才能保证把脑袋里的形象变成手中的实物。”

她说的这些，给我带来了头脑风暴。我拿起手边的一副钛金眼镜，有种动手干起来的冲动。

“接下来说说材料吧，主要说说你现在手中拿的钛。”她发来吐舌头的顽皮表情。

“你太神了吧！”我看看手中拿着的钛金眼镜，又抬头看看不远处的摄像头，“难道你在监控我？”

“用不着。”她得意地笑了。

我对摄像头做了个鬼脸。

“言归正传，”她说，“钛的强度与钢相当，但比钢轻，更抗腐蚀，做金属镜框是再好不过了。当初科学家费了九牛二虎之力才提炼出不到一克钛，因此把钛划入稀有金属之列，可没多久，就发现这是个天大的误会，钛的含量在金属元素中排第七。”

“那怎么回事？”我非常困惑。

“因为提炼工艺太复杂。”她大致说了下相关的化学反应原理，我如听天书，一方面为自己的无知感到羞惭，另一方面，对她感到由衷的钦佩。

“冼老师，你怎么还是个化学家？”我感叹道。

“要做眼镜设计师，必须懂相关的物理和化学知识，有必要时自己还得动手呢。”

“你说得是！”

“比如，正是在钛合金的实验中，研制出了记忆钛，”她忽然问我，“记忆钛的镜框卖得好吗？”

“我是很喜欢记忆钛的，怎么折都能恢复如初。镜腿上标有Memory Titanium字样的，才算比较正规。但实际上，一般眼镜店里真正用记忆钛的镜框比较少，因为价格会相对高一些。但我还是会推荐给顾客，毕竟那种体贴的韧性会给人良好的感觉，就像一双小手拥抱着你。”

“你真是个好销售员。”她调侃道。

我算什么好销售员，我赶紧转换话题问道：

“冼老师，其实我有个困惑，憋在心里挺久了。”

“别憋坏了，说吧。”

这个问题还是我妹夫陈春秋提出的。那天我跟妹妹聊天，无意中说起想尝试眼镜设计的事，陈春秋听到后，突然说：“哥，以后科技越来越发达，应该可以直接让变形的晶状体恢复原状。也就是说，眼镜设计还有未来吗？”我着实被他问得愣住了。一边的妹妹打圆场道：“陈春秋，你自己也是戴眼镜的人，怎么这么说话呢？你说的那未来还早着呢，那会儿你搞的计算机也是老古董了。”妹妹倒是会说话，陈春秋呵呵笑了起来，但我心底的困惑却越来越浓厚了。

我把这件事转述给冼老师，她几乎秒回：

“这个问题我早就想过了。在我看来，眼镜设计在未来一定向着非功能性的方向发展，跟戒指、项链一样，变成一种装饰品。而且，远不止于此。我们的观念不能太守旧，我给你看点炫酷的东西吧！”

她发过来一组照片，第一个模特戴的眼镜是昆虫复眼形状的；第二个眼镜整个是一个长方形的黑框，上边有五个小洞；第三个眼镜竟然是双层镜片，像是拆开的望远镜；第四个眼镜由一条纤细盘旋的小蛇构成了镜框……还有许多，的确给我带来了一种极其怪异和荒诞的视觉冲击。

“确实炫酷。”我发了个翻跟头的小人。

“而且，亏你妹夫还是搞IT的，他不知道智能眼镜会成为未来的主潮吗？到时每个人都会有一副智能眼镜，提升我们对环境的感知能力。就跟现在每个人都有手机一样。智能眼镜也需要个性化的设计呀，你还担心设计师会在未来失业？不会的！在未来，设计将彻底塑造我们的生活，从而实现生活的艺术化。”

她的信念与激情，让我深受鼓舞。鼓舞，这样的感觉对我可是久违了，我大脑里有种血压上升的古怪兴奋。

“没想到，我在未来还能有生存的机会。”

“你现在还没有。”

“你够狠……”我发了冒汗的表情。

“阿良，现在请你帮冼老师做两件事。”她摆出自己的“老师身份”，严肃认真中又透着朋友间的幽默。

“您讲。”其实，在现实中作为南方人的我总是发不准“您”这个音。

“第一，我需要一批价廉物美的记忆钛原料；第二，你了解下全降解环保眼镜框，原材料是小麦秸秆，你帮我打听下，你们那儿有没有这方面的生产商。”

“第一个好说。第二个听上去怎么那么奇怪，你要做什么？我看你设计的眼镜都是珠宝级别的。”

“我要办一个环保眼镜设计展，号召大家用环保材料眼镜替换塑料眼镜。”

“明白了，环保局应该给您发奖状。”我发了三个OK的手势。

“不允许你讽刺老师。我去忙了。”她发了个戴墨镜吸烟的大兵表情。

"感谢冼老师的生动一课！"

我放下手机，赶紧在本子上记下了她交给我的任务。

暂时没有客人进来，我坐在柜台前望着顾城的诗发了会儿呆。冼老师的声音依然萦绕在耳畔，让我第一次体验到发呆也可以是充实的。我又点开对话框，把她的语音从头听了一遍，一方面是温故而知新，一方面是再次感受她。我不想错过她的任何信息，即使是一个不易察觉的低声叹息。

然后，我站起身，活动了几下肩膀。还是置身在这个狭小的眼镜店里，身上的凝滞感怎么变轻了？我忽然看到了镜子里的自己，明显瘦了，依稀有了读书时的模样。

为了确认，我抑制不住地多看了自己几眼。

记忆钛其实是一半钛和一半镍混合而成的镍钛合金。在零到四十摄氏度间表现为高弹性，因此用来做眼镜腿是非常棒的。四十摄氏度是这种合金的“变态温度”，在这个温度以下和以上合金的晶体结构是不一样的。

我记得第一次看到“变态温度”这个字样的时候，忍不住笑出声。真是够变态的，我心里嘀咕着。可我在店里每次把玩记忆钛眼镜时，我就会想到人也有“变态”阶段吧。我回忆自己的过去，似乎没有什么值得骄傲的。我懵懵懂懂地生活了几十年，直到近年来多读了些书，心底才逐渐有了点光亮，我真是晚熟太多了。父亲曾经说，一个人是渺小的，而历史是伟大的，因此一个人很需要历史的记忆。对他的这句话，虽然我不完全理解，但我一直记着。这句话属于我脑袋里比较稳定的记忆晶体。

这款眼镜应该传达出充分的安静感，简洁而大气，镜圈偏圆，象征时间的轮回。

【追忆】

不是所有记忆都值得追忆

追忆是重新经历

将失败的变成胜利

再将胜利的变成失败

只因世界终归是平的

犹如平静时的弓弦

而追忆是弯弓射出的箭

型号：003

记忆钛重：约需10g

尺寸：53-17-140

冼老师一定也有她稳固的记忆晶体，就像那卡通头像传递出的信息。不知怎么回事，我对她有种强烈的窥探欲。此前即便谈恋爱，我好像也没有窥视别人内心的想法，但这次竟然如此不同，她对我构成了一个挥之不去的谜。

4

经过多方打探，我终于找到了一家可以制作小麦秆全降解环保眼镜框的工厂。只不过这家工厂不在深圳，而是在东莞。东莞很近，正好夹在深圳和广州中间，我亲自跑了一趟，谈妥了各种事宜。我办完事后，有种去广州找冼老师的强烈冲动，但我还是失去了勇气，老老实实坐着高铁回家了。

冼老师的环保眼镜设计展获得了瞩目，很快就生成了商业价值。她告诉我，广州一家很大的影视城已经联系她，说他们愿意采购一批由她设计推出的3D环保眼镜。

这真是一个非常好的开端。

“阿良，这次真要好好谢谢你，”她发出了我期待已久的邀请，“什么时候来广州，我请你吃饭。”

我有些激动，但我按捺着，仿佛她随时就会变卦。我跟她确定了具体的时间以及地点，迅速买好了车票。

三天后，我打车到深圳北站，坐上了去广州的高铁。

这段高铁我还没坐过。以前去广州，坐的是和谐号动车，一个多小时就到广州了，觉得飞快。可现在，半个小时就到广州了。

多少年没去过广州了？那座离我很近又很远的城市。我坐在窗边，速度太快，楼房与树木急速后退，我感到有些眩晕。我拉下了遮阳帘，窗外的风景经过这层白色幕布的过滤，变成一些流动的影子。我凝视着这些形状千奇百怪的影子，陷入了回忆。

上一次去广州已经是十二年前了。

我和母亲还有妹妹陪父亲去广州看病。深圳什么都发展得快，很多行业做到了世界领先，可医疗和教育这两块需要时间积淀的领域，比起“北上广”还有不小差距。

我记得国麟曾对我说：“兄弟，早个二十年，我们横岗还属于‘关外’呢，我们说自己是深圳人都觉得理不直气不壮，后来入了‘关’，房价猛涨，要不是你老爹走得早，你也不用这么辛苦。”

“闭嘴！”要不是他是我最好的朋友，我真想揍他，难道他不知道那是我的痛点吗？

深圳早些年作为经济特区，是分为“关内”和“关外”的，“关内”才是真正的特区，而“关外”属市区管辖，却不是特区，不能享受优惠政策。后来，随着经济迅猛发展，关线便不断外扩，像我们横岗是十多年前被纳入特区的。而直到前几年，深圳快四十岁的时候，国家才彻底取消关线。不是深圳人，不会明白关线曾带给我们的梦想与伤痛。我说的深圳人，不仅是我这样的本地居民，还包括来深圳打工的所有人，就像深圳高铁站的标语一样：“来了就是深圳人”，它没有广州火车站的标语“统一祖国，振兴中华”那样的高度，但是极有人情味。

那一年的夏天，我们陪父亲住进了广州中山大学附属第三医院的住院部。父亲查出了肝癌，已到晚期。我还记得那位老医生的遗憾表情。母亲哭着请医生救命，医生说他会尽力的。

医院旁边是天河电脑城，跟深圳的华强北类似，高楼林立，连路边也堆满了电子商品，非常繁华，就连酒店也叫“总统大酒店”。我们囊中羞涩，只能绕到一侧的石牌街里去找吃的。那里有一家酸菜鱼特别好吃，母亲在病房守着父亲不肯吃饭，我拉着妹妹去吃了好几次。我们两个心事重重的人，平时很少吃辣，但那时痴迷于辛辣的酸菜鱼有点像是自虐。我们被呛得满脸都是眼泪和鼻涕，后来，妹妹干脆坐在那里痛哭了一场。

我本以为父亲会在那家医院走向生命的终点，但没想到的是，父亲在手术后又度过了十一个月的时间，最后在家里安静地走了。

父亲最后的愿望竟然是要去茂盛世居再看看。别说是茂盛世居了，就算他要去月球上看看，我们都得给他搭建个布景出来。

茂盛世居离家很近，是一个融合了广府与西洋风格的客家围屋。里边的房间都秩序井然地向着中心，拥着中央的氏族大祠堂，体现出家族的兴旺发达。

“开了门有百家，闭了门是一家。”父亲喃喃自语说，“这就是围屋的妙处呀。”

我们用轮椅推着他，在小巷子里慢慢走，凡是能看的地方，他都看了。他看得很认真，像是验收工程的老师傅。

那会儿父亲已经气若游丝了，但他还是停停歇歇，给我和妹妹讲这里的往事。父亲作为中学老师，知道不少历史掌故。他说，这里已有两百多年的历史，建造者是两兄弟，叫何维松、何维柏。

“他们姓的那个‘何’，就是我们姓的‘何’，现在你们知道了吧，我们是他们的后人。”父亲看着我和妹妹，“你们要记得。”

我们点点头，父亲继续说：“何氏兄弟本是梅州人，来到横岗后，他们从蓄豆芽、磨豆腐、卖烧酒等肩挑叫卖的小生意做起。要问什么苦：逼酒酿豆腐。不容易！他们建酒坊，养猪，创办商铺，终于有钱啦。然后，他们花了十三年的时间，建成了这个大围屋，起名叫‘茂盛世居’，希望族人们世世代代在这里居住下去。为什么叫‘茂盛’呢？因为何氏兄弟的父亲被尊称为‘茂盛公’。这就是孝道，是纪念父亲的最好方式。”

说真的，我当时心中有了一丝不悦，揣测父亲是不是在针对我。我当时游手好闲，一事无成，可没有能力建造一座以父亲名字命名的大房子。

这时，一边的妹妹开口道：“阿爸，等我大学毕业，我就来这里工作。到时我每天都带你来看围屋。”那会儿，妹妹刚刚二十岁出头，在读一个没什么名气的省内大学。她扎着马尾，稚气未退，我以为她就是说说罢了，是安慰病人的话。但没想到的是，她毕业后真的到横岗街道办工作了，而且对接的正是茂盛世居的相关事务。遗憾的是，父亲没等到这一天。

“小细真乖。”父亲夸奖妹妹，握住了她的手。

我沉默着，看着红底金书的中堂匾额，上面写着“茂盛”二字。下方是一副楹联：“乡贤俊德家风远，名宦芳辉世泽长。”

父亲好像感知到了我的心思，他转头专门对我说：“阿良啊，何氏兄弟勤勤俭俭，发家致富后，不仅仅是建造这么一个大围屋来光耀门庭，他们对内树立的是耕读传家的家风，对外则开仓济贫，出资办义学，做了很多好事，所以咱们祖宗的灵位都放在‘崇善堂’里。人不一定要做大事，但一定要做善事。明白吗？”

这番老生常谈的话，我当时自然是听不进去的，但父亲的目光盯着我，我感到害怕，便频频点头。

父亲带我们去崇善堂里拜了祖先，然后，我们来到屋后的风水林。这些树木苍劲高大，比围屋的屋脊要高出许多。几百年的时间都铭刻在这些树木身上，它们的树荫都变得格外清凉。

“咱们老祖宗对环境是非常讲究的，他们知道林木兴，则宅必发旺；林木败，则宅必衰落。所以，风水林只许栽培，不许砍伐，这样才能藏风得水。”父亲不遗余力地向我们介绍着，他喘着气的样子让我开始可怜他了。

阳光垂直落下，已到中午，我都有些累，更何况父亲。父亲让我们推他到围屋大门前的月湖边，他看着碧绿的湖水，很长时间都不说话，但脸上的表情特别满足。

我不敢跟父亲说的是我对我们客家人的围屋不是特别喜欢，我觉得它有些压抑。它就是一个城堡，甚至是军事性很强的碉堡，实际上，茂盛世居的墙壁上，还留着用来对外射击的孔眼。关于客家围屋，流传着一个笑话，不知真假。据说当年外国卫星侦测到中国东南沿海分布着很多圆形的巨大建筑，以为是核弹发射井，感到极其惊恐。后来，他们才弄清楚，那个不是军事设施，而是客家围屋。这是我和朋友们聊起围屋时，最津津乐道的一个笑话。

不过，我很喜欢围屋门前的月湖。那是一个半圆形的水塘，不仅为日常生活提供方便，还有着完善围屋阴阳五行的神秘寓意。我读小学时哪里懂得这些，只知道来月湖附近偷鸭蛋。我和国麟点火烤鸭蛋吃，蛋壳炸开后溢出的那股香味，成了我童年最美好的记忆之一。

回去的路上，父亲忽然问我们："为什么先祖要跑那么远从梅州来横岗呢？"他的眼神似笑非笑，有点顽皮，"你们不必急着回答，我希望你们认真去研究一下。"父亲的老师身份根深蒂固，居然还给我们布置作业呢。可是，他的身体情况一天比一天糟，这个问题就被彻底遗忘了。

要不是现在我要去广州见一个我特别在意的人，我可能永远都不会记起这些事情了。这些细碎的记忆会跟围屋里的闲谈一样，如轻烟般在空中弥漫开来，然后被风彻底吹散。

“茂盛”可以成为一款眼镜的名字吗？什么是茂盛，那一定是欣欣向荣到了顶点的样子。那是任何事情最好的阶段。我闭上眼睛，想象着那款美好的眼镜。我暂且无法用画笔来固定它的形状和模样，可我有一点是无比确定的：这款眼镜一定要配上优质的绿翡翠，放在镜腿与镜圈的交界处，也就是铰链的前端，给每道看出去的目光提供绿色的能量。

我从包里掏出黑皮笔记本，赶紧写了起来。

【茂盛】

俯瞰一个人的手掌

就能找到属于他的夏季

掌纹如茂盛的草木

越过了命运的边界

只是那边界已经足够久远

型号：004

记忆钛重：约需11g

配件：缅甸绿翡翠

合上本子，闭上眼睛，我试图回想起茂盛世居风水林的细节，但那些树木却在我脑海里幻化成了一双手掌。它没有靠近我，也没有远离我，就跟我保持着一个固定的距离，我不确定那手掌是要拒斥我，还是要拥抱我。那手掌巨大，我竟然看清了它的掌纹。想象中的事物竟然有着精微的细节，让我怀疑自己出现了幻觉。我用力睁开眼，列车仍在全速前进，一座山丘只用几秒钟就被远远甩到身后。

5

车到站了。速度之快，让我有种虚幻的感觉。我甚至有些失落，回忆及其带来的很多情绪刚刚开始酝酿，还没能形成高峰。我十几岁的时候，父亲曾经带我去桂林看山水，我们乘坐绿皮火车，居然还是硬座，就那么硬挺挺地晃荡了一个晚上才到。我当时觉得那真是这辈子最漫长的一夜。可年纪越大，越喜欢缓慢的事物。其实我也知道，并不是喜欢缓慢本身，而是喜欢时间被拖拽变长的感觉，好像获得了额外的时间。

我走进地铁站，按冼老师告诉我的，从七号线换乘三号线，到了客村站。这时，她发来信息，说已经在客村的必胜客里等我了。我有些紧张，忽然想不清楚她的样子了，手心渗出汗来。我跟着人流坐电梯，刚一来到地面上，便看到了高耸妖娆的广州塔，大家都叫它“小蛮腰”。

父亲在广州住院时，这个塔还没完全建好，后来我们在电视上看广州亚运会开幕式时，第一次见到了“小蛮腰”。父亲那会儿已经时常处于昏睡状态，但他记挂着这事，说这是中国人的骄傲，更是广东人的骄傲。他坚持看完了开幕式，还说：“阿良，以后你带阿爸去现场看看好不好？”我肯定是点过头的。

前一刻，我还在担心和冼老师见面的事，可这一刻，怎会又想起父亲了？自从他过世后，我避免想到他，因此也很少想起他。这是怎么了？不过心中的紧张感倒是消失不见了，出现的是一种不可名状的惆怅。

走进必胜客，我四下张望着，店里人不算多，可我没看到冼老师。就在我疑惑时，忽然有人叫：“阿良？”我转身，看到了身穿一袭长裙的冼老师。长裙的剪裁不甚规则，基调是深咖色的，上边有数个白色的不规则色块，很有设计感，我怀疑又是她自己的作品。

她这次戴着的是一款金边眼镜，镜腿上镶嵌着蓝色的玉石。我再次感受到她出众的气质是在任何人群中也无法隐藏的，我心中的紧张感忽然爆棚，一句话也说不出来。

她摇摇头，笑着说：“刚刚走开，你就到了。”

我拘谨地笑着，还没来得及说点什么，她又说：“你瘦了好多呀！其实我刚刚是不太敢认的。”

“是瘦了，”我说，“不然会摔跟头的。”

她想起来了，捂着嘴笑了，眼睛在眼镜后弯成了两个月湖。

“走吧，先去我工作室看看，然后再请你吃饭。”

“听冼老师安排。”

过马路后，我们经过一栋雄浑的红砖门楼，我不由多看了几眼。

"微信总部就在里边。"她顺口说。

"我以为在深圳呢。"我有些吃惊。

"这不奇怪，很多人都这么想。"

"原谅我的孤陋寡闻，我真是第一次知道，能进去看看吗？"我说，"天天刷微信，很好奇。"

"我最怕那种对什么都不感兴趣的人，"她飒爽地挥挥手，"走吧。"

走进门楼，路边出现了好几个纺织工人的雕塑，方才得知这里原本是创办于共和国初期的纺织机械厂，前些年经过设计改造，成了创意园。这里绿树成荫，曲径通幽，犹如公园，许多情侣牵着手在缓缓徜徉，我不免想到，外人看我和冼老师也会以为我们是情侣吧。

我忍不住转头看看她，这才发现她的眼镜腿上不仅镶嵌着蓝色的玉石，还有浅黄色的、淡紫色的玉石，如同渐变的彩虹，在耳根处重新回归为蓝色的玉石。这才叫设计！我暗暗感慨。自己的设计还停留在观念上，不知何时才能变成有质感的实物。

微信总部到了，出乎我意料的是，这只是一座小楼，质朴低调，隐藏在树荫下。门前立着一个小雕塑，正是微信的鲜明标志：绿色的对话框和白色的对话框叠在一起。它们都长着一双黑色的小眼睛，盯着来往的人们，想号召大家多聊几句。我走上前，做出一个点击的动作，然后对冼老师说："你觉不觉得有它立在这儿，好像周围的时空都变成了屏幕。"

"你一说还真是。"她的眼睛露出的笑意，通过那别致的眼镜传递出来，确实被放大了数倍。眼镜还有无必要存在，看到她此刻的美，便知是个伪问题。

"点击它，有可能打开通往无限可能性的门户。"我把手放在卡通雕塑上，抚摸着说，"有种我也钻进了手机屏幕的魔幻感。"

"没想到你这个人还挺逗的，上次见你，还觉得你老实。"她说完站在那儿没动，我还期待她能走过来跟我一起摸摸这可爱的对话框。

"老实人也会逗笑，可我现在确实没逗笑，我说的是真话。"说完后，我也觉得自己的状态变得活跃起来。

看完微信总部，我们从创意园的另一个门走出去，来到一座复杂缠绕的立交桥。桥下边有几条小道供行人通行，但外卖小哥骑着电动自行车风驰电掣般从身边掠过，令人胆战心惊。

“你是客家人吧？”她忽然问道。

“是的，”我说，“你怎么知道？”

“我读书时，有一门选修课专门研究广东的人口流动，我才知道深圳有不少本地居民是客家人，还有你的口音，跟广府白话、潮汕腔是不一样的。”她指着桥说，“我说你是客家人的意思是想告诉你，这个桥叫客村立交，这个地方叫客村，不知道跟客家人有无关系。”

“我刚刚坐地铁时看了地图，客村好像在广州的地理中心呢。”

“差不多是，在中轴线上。”

“有意思，不管这里以前是不是客家人的，但每个来广州的人都得在广州当一次真正的客人。”

“每个人都是宇宙中的客人，不是吗？”她掏出手机来朝我晃晃，那正是微信的界面：一个人站在宇宙中的孤独身影。

我的心立刻感到有光探照，那光深入心底的淤泥，生长，蔓延，突破我的边界，来到世界中，向她的方向飞去。我觉得我和她的心是如此相通。

穿过客村立交，我们肩并肩走着，好像熟识已久，听到的每句话和说出的每句话，都让人觉得舒服与畅快。我跟着她从大路转进了一条侧街，看到了一所名为“广东女子学院”的学校。我正暗暗称奇，她突然说：“这是我的母校。”

我很惊讶，说：“你不是在香港求学的吗？”

“那是硕士，我大学是在这里读的，想不到吧？”

“我第一次知道现在还有专门的女子学校。里面全是女生吗？”

“当然，”她说，“给你说说我们的校训吧：励志，笃学，求实，尚美。我们的校歌叫《凤舞飞扬》，可据说凤凰作为一种神鸟，凤是公的，凰才是母的……”说着，她被自己逗乐了。

“美的灵魂是雌雄同体！”我开玩笑说，“可全都是女生，会不会妨碍你们谈恋爱呢？”

“这是很显然的，个个被迫守身如玉。”

我们一起笑了起来。

校园跟马路之间有一小段是栅栏，透过缝隙可以看到内景。校园并不大，学生应该都在上课，院里空无一人。她指着里边墙上的宣传画说：“以前那都是我画的。”

但她的神情说不上自豪，反而有一种悲凉。

她向前走去，步伐变快了，我赶紧追上她。她说：“我能怎么办呢？你不知道我付出了多少努力才考到香港的。广州美院就有适合我的专业，我舍近求远是因为那会儿觉得自己必须离开这座城市，不然就活不下去了，我想喘口气。”她的语速很快，像是在跟我说话，又像是在跟自己说话。

为什么必须离开呢？我的话刚到嘴边还没说出口，她站住了，说：“工作室到了。”她随即从记忆中抽身而出，有了客套，“来，请进。”

我倒是更愿意她谈谈她的女子学校，以及考研的故事。不光是因为她的经历有种励志的成分，更是因为她这个人显示了越来越多的复杂性，从而有了越来越大的吸引力。这是危险的，太危险了，我对她其实一无所知，也许她已经结婚了。

当冼老师提到我的客家人身份时，我还是很受触动的。但这种触动很微妙，跟尊严、群体、文化、风俗等通通没有关系，那是一种心底琴弦的拨动，像是来自宿命。中国人的祖籍认同要么靠行政区划，要么靠文化族群，都是以地域命名，如陕西人、广东人、福建人或是潮汕人、广府人，唯独客家人拥有这么一个抽象的命名，证明这个族群确实是漂泊得太久了。但我从小生活在横岗这个小地方，确实没有什么漂泊的经历，没什么“客人”的感觉，谁能想到，当我来到广州，走过客村之后，反而被激起了一种漂泊已久的错觉。尤其是参观客村的微信总部，我再次深深觉得，人类在宇宙里漂泊，是宇宙的渺小之客，也许还是个匆匆过客。

可曾经，人类因为无知而自大，认为自己是宇宙的主人。所幸，人类已经看清了自己是客人，正在逐渐努力让自己作为客人表现得更好一些，从而存续得更久远。

说到这个，那不得不说这是我们眼镜行业的骄傲——

四百多年前，那个叫伽利略的意大利科学家把一个凸透镜跟一个凹面镜（也就是一个老花镜跟一个近视镜）放置在一起，朝夜空中的月亮看过去。这一看可不得了，他看到月亮可不是神话传说中的种种奇迹，而是另外一个布满高山与峡谷的星球。

那是人类发现自己客人身份的元年，我甚至想，人类应该从那天起开始重新纪年。不再用“公历”多少多少年，而是用“客历”多少多少年，这个提醒会非常强有力。

为了设计眼镜，不可能不研究眼睛方面的医学知识。我惊奇地发现，中国近代的“元年”也跟“看”有关。一八三五年，中国第一家现代医院创办于广州，叫眼科医局。因为眼科的治疗效果最明显，比如白内障，做完手术立刻就能看清。现代医学要在拥有上千年历史的中医面前争得一席之地，在当时是很不容易的。眼科医局立足后，便成了全科的博济医院。数年后，二十岁出头的孙中山到博济学习。后来，他改变了中国历史的进程，也改变了中国人看待世界的目光。

应该设计一款带有历史沧桑感而又内敛清秀的眼镜，要用昂贵的材料，黄金与钻石，方能体现那种郑重与高贵。

【客心】

谁能看到一颗孤独的客心

谁就必然拥有一颗待解的客心

更何况百世漂泊

客心已刻进基因

当花近高楼时

请不要伤心

请看清这颗漂泊的客心

型号：005

材料：约需黄金25g

配件：钻石

无论置身怎样的环境中，人的心里总有一个角落是属于自己的，包括我跟冼老师走路聊天的时候。也许有一天，我会把这个角落呈示给她，请她参观，请她看清楚。那一天，将会是我个人的“元年”，我要么失去她，要么……

6

她的工作室位于一个叫“创造社”的创意园里。这名字真响亮。她告诉我，这里离珠江很近，原先是水上居民的老旧住宅，已经有超过五十年的历史了，残破不堪，因此被重新设计改造了。

“水上居民？”

“也就是疍家人，知道吗？他们以前都是生活在船上的，以捕鱼为生。有句歌谣就说他们‘世世水为乡，代代舟为家’。新中国成立后，政府给他们建楼房，他们才从水上搬迁到陆地上来了。”

“疍家人，我知道的，我喝过艇仔粥，听说最正宗的艇仔粥以前在珠江的船上才有得卖。”

“冇错啦！”她脱口而出一句广州白话，“估唔到你都知？”

“当然知啦，”我模仿着白话，“我也系广东人嘛。”

我们村是客家人，可邻村是讲白话的广府人，所以我会说客家话，也能听懂白话。很多外地人以为广东人都是讲白话的，这是一种误解。广府人自然是珠三角地区的主流民系，他们的白话影响极大，港澳以及许多海外华人中，白话都是通用语。不过，在广东不仅有白话，还有客家话和潮汕话，说后两种方言的人数也是不少的。广府、客家、潮汕，这三大民系构成了岭南文化三足鼎立的局面。

不过，话说回来，我自己更喜欢说普通话。因为横岗的外地人越来越多，要是不说普通话，大家根本没法交流。而且，普通话跟书面语关系更紧密，所以能表达更多复杂的意思，眼镜那么多配件，用客家话怎么叫得出来。毕竟科技在发展，新事物太多了，超出了方言的范围。中国各个地方的方言都是以农业生活为底子的，客家话也不例外。母亲在这点上就极为开明，她一直让我们教她学普通话，她学会后，在外面用普通话，在家跟我们还是用客家话。我喜欢这样，这样一来，每当我听见客家话的时候，我就会想起母亲，想起家。

“别客气，请坐。”她恢复了普通话。虽然她的声音婉转柔美，一听就是南方人，但几乎没有方言口音，吐字极其清晰。她生在广州，在香港读书，不知道她怎么做到的。

她的工作室并不大，说白了，还没我的眼镜店大呢，但我还是发自内心地祝贺她，羡慕她，因为我那只是间商店罢了，谁都能接手，而她这里浸透着她的艺术气息，是她这个人的一部分，无可替代。靠墙的纯色原木架上陈列着她设计的一些展品（昂贵的宝石眼镜被照片取代了），那款环保眼镜被放在显眼的位置。

我在沙发上坐下来微微放松，抬头看到吊顶上还悬挂着别致的小鱼和小船。

“阿良，给你个惊喜。”她说着，打开灯，也坐下来，跟我一起仰头望。过了一会儿，那些小鱼的身体扭动起来，像是游动了，小船尾部的小马达也开始旋转。头顶变成了活的水世界，我们像是水底的鱼在琢磨上边的世界。

“太棒了，也是你设计的？”我低头看她，她还凝神望着头顶。

“是我设计的，可我要感谢你。”

“感谢我？”

“感谢你提供的记忆钛材料呀，这些是用记忆钛丝做成的，利用灯光加热产生温差，从而让记忆钛丝产生膨胀效应。”

“难以置信！你简直是个魔法师！”我惊叹起来。

“设计师应该成为魔法师。”她淡淡地说。

“你这个设计是从疍家人那里得到的灵感吗？”我追问。

“聪明，”她说，“但不用什么灵感，因为我自己就是疍家人。”

轮到我一愣，然后弱弱问了句：“现在还有疍家人吗？”

“疍家人作为一个群体已经消失了，但他们的后代还在呀，”她微微一笑，“比如我。”

经她说，我才知道至少有十分之一的老广州人有着疍家人的血脉。但是，历史上对疍家人的歧视很严重，认为他们是贱民，因此长期以来他们对自己的身份变得讳莫如深。搬迁上岸之后，曾经的水上生活更是成了无人谈及的往事了。阿姿之所以还知道自己的来路，是因为她的母亲。

“我母亲的童年是在船上度过的。她小时候背上绑着木头，还拴着绳子，在船上爬来爬去，一不小心掉到江里，就浮在水上。她在水里玩得特别开心，所以她上岸后还不习惯，会‘晕陆’。”她笑着说，仿佛说的是自己的事情。

“完全想不到，在我们岸上的人看来，那样的生活够艰苦的。”

“何止是艰苦，但是那艰苦变成了记忆，就不一样了，”阿姿说，“那安慰过童年的，才能安慰人生。”

“确实如此。”我无比认同她说的，那就像是围屋对父亲的安慰。

我看着头顶那些轻盈的小鱼和小船，幻想自己也生活在其中的一艘小船上，耳边响起了孩子们戏水的声音。

她的工作室瞬间变得很大，能够容纳整条珠江。

“晚餐吃什么好呢？”她问我的意见，我自然听她安排。她决定带我去吃茶点，其实这也是我暗自期待的，我一直想尝尝正宗的广州茶点。

她特别点了一份艇仔粥，让我又想起了她的疍家母亲。

热气腾腾的粥里边配料极为丰富，有鲜鱼片、瘦肉片、叉烧片、猪肚丝、鱿鱼丝、油条丝、海蜇丝、鸡蛋丝、腐皮丝等十几种材料。她告诉我，这些配料不是跟粥一起熬的，而是先将粥熬好，再将滚烫的粥倒入配料中，配料很快被烫熟却又保留了原有的鲜嫩，再撒进花生碎和葱花提味，绵滑的口感中便不时出现不同的食物香味，堪称粥中极品。

我喝了一口粥，软中有脆又有韧，味觉被完全调动起来。

“给你讲个故事吧。”冼老师说，“很久以前，一个船上人家的女孩叫金水，心地很善良。有一天，她父亲捕到了一条大鲤鱼，她看到那条大鲤鱼受了伤，脸上极为悲伤，她便将大鲤鱼放回江中。父亲得知后，还责骂了她。过了几年，她父亲患了重病，她非常伤心，面朝江水，祈求保佑。这时，一位仙女从水中现身，对她说：‘我是被你救过的鲤鱼。你在煮粥的时候放进鱼虾，再加些炸花生、油条丝，拿去卖会大受欢迎。你拿钱带你爹去看大夫，十天内即可痊愈。’金水依法照做，治好了父亲的病，从此，这粥就被取名为‘艇仔粥’。”

“没想到仙女也是个吃货。”我又喝了一口粥，滋味愈加丰富。

“哈，在广州生活，什么人都会变成吃货，这是一个注重感官的城市。”说着，她让我试试豆豉凤爪。

“这故事是你母亲讲给你的？”

她点点头，说：“我跟母亲的关系很亲密，她生病前，我们几乎无话不谈。”

我不敢多问，正好这时清蒸笋壳鱼上桌了，我用铁勺划开，给她碗里盛了一块。

“谢谢，”她说，“再告诉你一些好玩的风俗吧。在广州吃饭，不能说‘将鱼翻过来’，要说‘顺过来’，碗和勺也不能扣在桌上。这些都跟水上生活有关。”

“我们那儿也有个讲究，你肯定猜不到。”我卖了个关子。

“你说说看。”

“父子同席，忌面对面坐。”

“为什么呀？”她睁大眼睛看我。

“怕成为‘对头’。”

我们一起大笑起来。

“玩笑吧？”她不信。

“真的。”我和父亲确实从来都不会面对面坐。

吃完饭，我们走出来，在夜色中散步。天气真好，不冷不热，是难得的好日子。两边的楼越来越高、越来越密，我们像是置身谷底。我跟着她来到一个岔路口，一转身，走到了小路上，珠江在望。我有些兴奋，加快了脚步。很快，到了江边，备受压抑的视野忽然开阔，心情都振奋了。披挂彩灯的各式游船来往穿梭，对岸是一个造型像帆的现代音乐厅，好一派繁华气象。

“你读过罗曼·罗兰的《约翰·克利斯朵夫》吗？”我问她。

“没读过，没想到你还是文青。”

“算不上文青，为了戒网瘾，无聊时读了好多小说，后来发现能记得的还是世界名著，估计是因为难读吧，耗费精力多。”

“你别说，还确实是。我好久没读小说了，忽然有点想读了。我喜欢《简·爱》，上女校时必读，从此害怕带阁楼的房间。”

“害怕里边藏着一个疯女人？”我笑道，“不过，确实适合女校，独立而又包容。”

她却没有笑，若有所思的样子。她问我刚刚提罗曼·罗兰那本书是想说什么。

“哦，我想说那小说的开篇我一直记得，‘江声浩荡，从屋后上升’，这句话我总是念念不忘。我家附近没有江，只有小河，一直好想体会下那种感觉。”此刻，江风袭来，我闻到了一股淡淡的腥甜味。我俯身靠在石栏上，望着上百米宽的江面，极为壮阔，对岸音乐厅下面的人像蚂蚁一般无序运动着。我有些兴奋地说：“我终于体会到‘江’的感觉了。”

“江声？如果是指水流的声音，好像不曾听到。也许是我在江边住久了，我觉得它好沉默，满怀心事，也许是‘静水流深’吧。”冼老师也靠在石栏上，我们之间只有一厘米的距离。

“我觉得‘江声’应该不光是水声，它像是交响乐，有很多声部，浑厚复杂，我们现在说的话也是它的一部分。小河的声音倒是清脆，听久了却单一。小河流水哗啦啦，小船在摇荡……”我还哼起了小调。

她被我的公鸭嗓音逗笑了：“看你心情这么好，请你去吃消夜吧。”

其实，我早已想好了，等会儿请她吃消夜。如果人与人的聚会没有消夜，那显然是不到位的。消夜不是因为饥饿，而是一个可以让彼此再次坐下来，喝点小酒，说说心里话的借口。

“来广州不吃消夜那我不是亏大了，”我说，“不过说好了，我请你哈，我这拜师了还没请老师吃过饭，倒是刚刚让老师破费了。”

“行，去吃烧烤！”

“想到烤生蚝，我的口水都快流下来了。”

跟着冼老师，来到了一条叫“下渡路”的老街。

“这里够古老的，有个汉代的古井遗址，旁边靠着中山大学。”她说，“这里最出名的就是烧烤，是广州最有名的大排档据点之一。”

果然名不虚传。各种烧烤档连在一起，桌子就摆在街边，食客们摩肩接踵前来，一家一家询问着，坐在位子上的食客则安之若素，大吃大喝，高谈阔论，丝毫不受来往行人影响。桌下堆满了各种贝类的壳子，有点像废弃的工地。整个街道都被烧烤的烟雾笼罩着，既呛人又诱人。我们选定了一家排档，她说这里的炭烧生蚝特别好，然后叫了必点的烤茄子、烤韭菜以及鸡中翅。她也没问我喝不喝啤酒，就叫了一打珠江纯生。

“太多了吧？”我惊了一下。

“慢慢喝嘛，”她说，“这里喝不完可以退的。”

铁盘子上装着十二只大生蚝端了上来，生蚝壳里的汁液还在沸腾，上边厚厚的一层蒜蓉散发出催动食欲的奇香。我突然觉得自己没吃晚餐。在我大口吃肥嫩生蚝的时候，她已经开始自斟自饮了，似乎对烧烤兴趣不大。我劝她吃，她敷衍着吃了一个，擦擦嘴说：“刚才已经吃饱了，你使劲吃，不用管我。”我看她喝酒有点猛，劝她慢点喝，并问她酒量如何。

“也没有怎么样，就是喜欢喝酒的感觉。”

“我不喜欢喝酒，我妹夫喜欢喝，他是陕西人，还喜欢喝高度酒。”

“你说起过他，你似乎对他不满。”

“有吗？”

“问你自己咯。”她转而说，“我呢，其实并不喜欢喝酒，我只是因为喝酒的时候可以忘掉一些事情。”

“不愉快的事情？”

“不愉快的事情。”

她喝掉三瓶之后，速度才有所放缓，整个人也似乎放松了不少。酒精正在麻醉她的神经，从而屏蔽了她的焦虑。我交际狭窄，从未见过喝酒这么凶悍的女性，被她震慑了。我琢磨着她的心事应该跟感情有关。我不知道她为什么从香港回来。她在那边读了几年书，顺便谈个一两场恋爱，也是很正常的事情。女孩子嘛，总是会有一两段放不下的感情，虽然真放下的时候要比男人决绝得多。就在前不久，我听国麟说，我之前的女朋友上个月结婚了，我还是想起了很多过去的事情。

冼老师突然看着我说：“你是不是觉得我失

恋了？”

“没有啊，”我从黯淡的记忆中抽身而出，还狡辩说，“你这样的人怎么会失恋呢？”

她狡黠地笑了：“你别装了，你就是这样想的。但我告诉你，还真不是，是我家庭的事情。”

“好的，是你的老公还是……”我还准备说孩子的，但立即觉得不妥，赶紧刹车。

“喂！我还没结婚呢，”她说，“我说的是老爸老妈，还有……哥哥。”

没结婚，我心中顿感踏实。没想到她还有个哥哥，听到她说起哥哥时那吞吞吐吐的语气，也许跟我提起妹妹借钱的事情差不多。

“那肯定是你哥哥的什么事情，让你觉得为难了，给你添麻烦了吧？”

“岂止是添麻烦这么简单，”她又喝了一杯啤酒，有神的眼睛变得暗淡，“我们整个家庭都因为他毁掉了。”

我等着她说原因，可她却哭了起来。在餐桌上哭，我一下子就想起了妹妹。父亲病重时，妹妹在摆着酸菜鱼的餐桌上也那么哭着，孩子一样无所顾忌地哭着，我除了递纸巾给她，完全不知道该如何劝慰。现在也一样。她哭了一会儿，竟然重新端起酒杯，说：“不说这些了，喝酒。”

“少喝点吧，我们聊聊天。”

“你不喝我喝。”说完，她一杯啤酒又下肚了。

对这种情况，我并不陌生，我妹夫陈春秋喝到一定量的时候就是这德行，开始频频举杯，各种花式敬酒，我每次喝醉都是被他这套“组合拳”给打败的。但是，我现在面对的是我格外在乎的女人，跟她第一次见面喝酒，是不能退缩的，不然一定会被她认为是没有男子气概的。

我咬着牙，说：“姿淇，我陪你喝。啊，冼老师，我叫你姿淇，你不介意吧？”

“叫阿姿吧，他们都这么叫我。”

“阿姿，谢谢你。”我举起酒杯，她的小名第一次从我唇间发出，跟啤酒的微甜融合在一起，咽下去，是我喝过最好的酒。

这下好了，她一杯，我一杯，你来我往，好不飒爽，没一会儿，一打啤酒都被喝完了。我应该喝了有五瓶之多，已经突破了我喝啤酒的历史纪录。我的脑袋晕乎乎的，整个世界的嘈杂声离我很远很远，好像整个世界只有我跟阿姿了。

等我醒过来的时候，或者准确说，当我重新具有意识的时候，我发现我跟阿姿挤在一张小床上，脑袋疼得要命，稍微一动就天旋地转。阿姿还躺在一边昏睡，那副金边眼镜还戴在她的脸上。我摸了摸我的脸，眼镜也戴在我的脸上。这提醒我这并不是幻觉。我们竟然戴着眼镜睡了一晚上，更何况身上的衣服，也是一件没少。

闭上眼睛又躺了一会儿，再睁开眼睛望着天花板，让身体适应这种状况。过了一会儿，我挣扎着坐了起来，发现这里太简单了，除了一张床之外，还有一个衣架，然后什么都没有了。显然这不是酒店，也不是家的样子，而像是公司的简单宿舍。门背后还挂着值班表什么的，门边是个小厕所。这是什么地方？我努力回忆，可除了烧烤摊上我们喝酒的场景之外，什么都没有了。

就在这时，胃部涌上来一阵极其可怕的恶心感。我爬起身，摇摇晃晃冲进厕所，抱着马桶呕吐不止。巨大的呕吐声引发了外边的动静，有人敲门。我按下冲水按钮，把秽物冲走，其余什么也做不了。然后，门开了，探进一个身穿制服的保安，他操着一口东北腔说："你们够可以的呀，要是搁大东北，早把你们给冻成冰棍了。"

"你在哪儿找到我们的？"我有气无力地说。

"就在大门口呀，俩人背靠背就那么躺下了，幸亏那会儿没车。"

"哪里的大门口？"

"创造社的呀，还能是哪儿的。那位女老师瞅着很面熟，原来就在里边上班的。可惜了大兄弟，还差最后十五米你就到她办公室了。可惜了。"说完，他被自己逗笑了，在门口乐不可支地哈哈大笑起来。

阿姿被吵醒了，挣扎着坐起身来，说了句："这是哪儿？羞死人啦！”

“你们聊。”保安坏笑着把门又关上了。

“你们创意园的保安救了我们。”我走过去，却不敢再躺她旁边，只能坐在床脚。

“我好像记得你先喝醉了，我想把你带到工作室休息的，可我后来也断片了。”阿姿的嗓音都沙哑了，她用双手撑住下巴。

“不好意思，我酒量很差劲的。”我又感到一阵眩晕。

“本来今天还想带你去‘小蛮腰’看看呢，这样子也去不了了。”她叹口气，“唉，太过分了。”

为了缓解一下此刻尴尬的氛围，我说很多年前读过韩东的一首诗叫《有关大雁塔》，里面就写登上去看看，然后下来，无非是这样的，“小蛮腰”也是一样。

“不一样的。”她摇摇头。

我干脆靠在墙上，闭上眼睛，感觉能舒服一些。我努力搅动起脑细胞，说：“当然，那首诗有特定的背景，原诗也没我说的这么简单。有一次，我跟我那妹夫陈春秋说起这首诗，就是为了调侃他。因为他觉得陕西的任何东西都是能让他无比自豪的。我没想到的是，他听了这首诗后，不甘示弱，随口就背了几句关于大雁塔的诗：‘十层突兀在虚空，四十门开面面风。却怪鸟飞平地上，自惊人语半天中。’他还一脸得意地对我说：‘你看这唐诗多霸气。’这可把我给气坏了……现在头晕乎乎的，居然还记得这诗，唐诗果真是厉害。”

我笑了，掩饰着我的紧张。没有了宿醉感的保护，我和她的陌生感在一点点恢复。

“哈，你怎么老是被你妹夫戏弄？说真的，你妹夫背的这诗确实有种八面威风的感觉，也挺适合‘小蛮腰’的。”阿姿把身体侧了下，也靠着墙，用慵懒的语气说，“‘小蛮腰’看夜景还是很不错的，一条大江尽收眼底。”

“好的，下次还有机会吗？”

她笑了，用白话说：“再讲啦。”尾音很长，很悠扬。

“我第一次跟人醉成这个鬼样，”我补充道，“还是个女人。”

“我也是，”她说，“还是个男人。”

我偷偷瞄了一下阿姿，她还戴着她的眼镜，镜片后的眼睛半睁，睫毛低垂，依然有些醉意。她的醉眼如此迷人，让我不敢多看。我想起了曾经读过一本叫《醉眼》的小说，它以“醉眼”为线索，写了古代文人的生活、交友以及爱恨情仇。最让我吃惊的是，通过小说引述的很多唐诗、宋词以及元曲，我这才知道居然有那么多文人喜欢用“醉眼”这个意象来写诗填词。

原本我都忘记了这本小说、这个意象，但是此刻的阿姿唤醒了我的记忆，也让我真正理解了什么叫醉眼。不仅仅是妹夫陈春秋喝醉后圆瞪着牛似的醉眼，也有阿姿这样喝醉后露出无限哀愁的醉眼，也许还有我自己这种喝醉后陷入无限呆滞的醉眼。有醉眼就得有与之匹配的眼镜。遮掩要遮掩的，放大要放大的。用“醉眼”给眼镜命名，也许不为俗世所理解，但其中表达的是一种率性生活的气质，总会遇见相知者。

造型要不拘一格，要大胆，尤其弧度要大，镜框要宽厚。

【醉眼】

没有用醉眼看过世界的人

就像不知夜晚有月光和星空

醉眼与醉眼的相视

才敞开了人间的秘密

型号：006

材料：约需银11g

配件：刚一开始想到用古人喜欢的玳瑁做镜腿装饰，不过，很快意识到玳瑁是玳瑁龟的龟甲，玳瑁龟现在属于濒危动物，万万不可用，用牛角制作出玳瑁的纹理就好，要让眼镜传达出古典文化的意蕴

有些古诗词真好，能让人过目不忘。比如词人张先的句子：“多情无奈苦相思，醉眼开时犹似见。”我眼

下就处于这种微妙的时刻。可我更幸运，我此刻醉眼开时，见到的阿姿不是幻影，而是真的。我知道，当今天过去，我便会重新陷落到“醉眼开时犹似见”的相思苦中。不敢多想，无须多想，再多看她一眼吧。

7

一起醉过酒的经历，在我看来，肯定会大幅拉近我跟她之间的距离，但事实证明并没有。我回到深圳，给她发微信，她便回复我一两句，但交流的感受跟此前差不多。这样说，也许对阿姿不公平，但是与我期待的程度相比，还是差了不少的。只能说，我自己心中的热情上升得太快。

在她哥哥身上，究竟发生了什么事？让她背负那么大的压力。我为妹妹筹集买房首付款的事情只是让我心烦，但真不至于到那种崩溃哭泣的程度。我希望妹妹跟陈春秋过得好，只是我自己能力不够，自顾都不暇，更别说帮他们了。如果父亲能够多活半年，就半年，就等到政府来征地了，那样我们就会分到大很多的房子，我和妹妹就不会这么狼狈。

父亲早早过世，已经是人间悲剧，我竟然还在怨他，我真是不孝之子。但父亲的命真苦，我没办法不怨他。他要是还活着，该多好。尤其是夜深人静时，我听到很远的地方传来的咳嗽声，都会蓦然觉得父亲还活着，就在隔壁。我睁开眼睛，意识到他已经不在了，一种揪心的幻灭感让我泪流满面。

人正是在这样的时刻成为自己的。

阿姿肯定和我一样，也是在这样的时刻里感到彻骨的孤独。

我们的孤独可以接壤吗？就像岩洞里两个靠近的钟乳石，在潮湿中缓慢生长，终有一天彼此相连。

有一天深夜，我临睡前给阿姿道晚安。她发来语音，说她又喝酒了。我有些意外，非常担心，问道：“为什么喝酒？应酬？”

“焦虑，孤独，压抑。”她倒是直白，“其实我喝酒的时间已经不短了，不过我都是自己关起门喝。跟你一起的那次醉酒，确实是我第一次跟外人喝醉。”

“不喝不行？想想别的缓解办法。”

“我讨厌自己这样，却又无能为力。”

“阿姿，你究竟经历了什么事情，为什么要这样折磨自己？”我忍不住说。

“唉，那是一个很长的故事，以后如果有机会，当面再告诉你吧。”

我不知道以后还有没有机会。我不能忍受“如果”，我要把这个“如果”变成现实。当然，我觉得阿姿的这种状态很不好，她需要我。我也需要她。一个孤独的人需要另一个。

第二天，我坐上高铁，去找她。我不再像之前那么犹豫。但我没有告诉她我要来，这倒不是说我想给她一个惊喜，而是我依然受制于自己的性格，无法直接向她敞开。

我不是小年轻，做不到手捧鲜花去跟她当面表白，我只是想要见到她，想要听她讲讲她的事情，看看能帮她做些什么；我想要改变她，想要她不再酗酒，想要她好好生活。尽管我也不是什么好好生活的榜样，但我愿意陪着她，一起往下走，一起创造一种生活，一种能够容纳我和她的新生活。

她没有结婚，可她有男朋友吗？或是走得很近的异性朋友？我不敢问她。我要是贸然去到她的工作室，碰见她跟另外一个男人在一起，那得多尴尬，以后估计连朋友都没法做了。因此，我钻进了离她工作室不远的一家咖啡店，像个特工一样，观察着周围的情况。然后，我借着上外面公共厕所的时机，偷偷摸摸去确认了一下：只有她一个人在那儿。我的心这才落地。可我还是不敢直接过去，便给她打了一个电话，在听到她的声音之后，我忽然慌了，头脑发热，瞬间谎称自己是因为有事来了广州，问她有没有时间，想请她吃饭聊天。我还是没敢告诉她，我是专门为她而来。

“你来广州，怎么不早点跟我说？现在才说。”她的语气似乎有些不悦。

我结结巴巴地说：“我怕我提前说，影响你工作，给你添麻烦。”

“那倒不会，不过今晚我确实要陪客户吃饭。”

我的心一沉，说：“那就一起吃消夜？”

这时，应该有人来找她了，她说：“不好意思，等会儿说。”然后挂断了电话。

我在咖啡馆又坐了半个小时，她的电话迟迟没回过来。难道她已经拒绝我了？我不确定。我坐在这里，全身僵硬，便起身来到户外，缓缓向珠江边走去。我过于紧张了，需要透透气。白天的珠江边，行人不算多，江上笼罩着一层薄雾，将远处的大桥隐藏起来。我靠着栏杆站着，忽然有个骑电动自行车的男子在我身边停下，他穿着蓝色的套装，裤腿紧扎，脚上的皮鞋已经脱漆，露出了灰白色的质地。他下车后，竟然从前边的篓子里掏出一个渔网，向江中撒去，待渔网完全撑开，他迅速收网，眼见有四五条黑色的鱼在里边蹦跶。他把鱼麻利地放进车后的白色泡沫箱里，扬长而去。这些鱼肯定会成为他晚餐的一道主打美食。吃不完的，他会卖给酒楼，挣点零花钱给孩子读书。阿姿的祖辈们就是靠着在这条大江捕鱼才生存下去的。刚才的男子，肯定是疍家人的后代吧？他的这种方式，尽管看上去有些鲁莽，却也实在。

这个男子成功转移了我的注意力。我沿着江边走了很远，方才拿出手机来看。她已经回我微信了。

只有四个字：

“你不怕吗？”

我回她：“不就是喝酒吗？再陪你喝呗，喝个够。”

话一出口，我就已经决定了，我这次要豁出去陪她喝个够。如果不能陪她一起下地狱，又怎能跟她一起上天堂？光是嘴巴说，让她戒酒，那是毫无力量的。我知道自己酒量不行，我想了个残酷的办法，那就是差不多有醉意时就去抠喉咙，将酒吐掉，然后回来继续战斗。我就不信，这样还不能陪她喝尽兴。

“九点钟，老地方见。”她回道。

九点钟，我准时来到下渡路的那家烧烤店，她已经坐在那里了。这次她戴的是大圆形的细边眼镜，咖啡色的眼影适合这夜色。头发扎成高高的马尾，显得青春娇小。我一见她，就像陡然潜水一般，世界安静而神奇。

“你来广州办什么事？”她见面第一句便问我。

我毫无防备，被问蒙了，结结巴巴说：“我……是来看……看一个人。”

“谁？”

“你。”我不管不顾了，“专程来看你的，不好意思说。”

“不诚实，罚酒三杯。”她的眼角似有笑意。

三杯啤酒下肚，她又陪我喝了三杯，我的胃里很快就感到憋胀。我借故上厕所，在厕所里吐掉了。人为制造恶心感而呕吐，真是可怕的体验。眼泪鼻涕全出来了。我洗洗脸，漱漱口，照照镜子，然后装作若无其事的样子走出去。

我远远看到阿姿在低头看书，不知那书是从哪儿飞来的，也许是她随身带的。她低头看书的样子真美，侧脸的线条勾勒出她的鼻子和嘴巴的小巧形状，我忽然感到情欲的冲动。我不由得放慢脚步，想多欣赏几眼。不过，待我走近一些，不由得慌乱起来，她看的书怎么很像我平时画眼镜草图的黑色笔记本？我看到我椅背上的挂包果然移动了位置，看来真的是了，我不知该如何是好，呆愣在原地。

阿姿抬头看到我，吐吐舌头，解释说："刚才有人走过不小心将你的包撞到地上，里面的本子掉出来了，我帮你捡起来的时候，看到这个笔记本里竟然有眼镜设计的草图，职业习惯，忍不住的好奇心，你知道的，我便看了起来……没经过你的同意，抱歉抱歉。"

"都是我的胡涂乱抹，太多不成熟的想法，"我尴尬而忐忑地说，"请冼老师多提意见。"

她没理会我的客套话，忽然捂着嘴笑了，说："没想到你还是个诗人呢。"

我赶紧说："我写的这些可不敢称之为诗，我有自知之明，最多也就是眼镜的宣传文案，当然，是比较个人化的文案。”

“我第一次到你店里的时候，看到墙上挂着顾城的诗歌，觉得你这个人还是有点文化品位的。”

我刚想说那是我的伪装，可她抬眼露出一丝坏笑：“不过，当时我觉得你真是个笨蛋，太笨了，怎么就摔倒了呢？”

“无地自容，无地自容呀……”我瘫坐在椅子上，赶紧喝杯酒压惊。

“你还写着和阿姿一起完成设计，谁答应和你一起设计了？”阿姿继续翻看笔记本，对我不依不饶。

“冼老师，你教我设计还不行吗？”

“你本子里怎么不这样写？罚酒！”

“以后都这样写。”我只好又喝了杯酒。

我想要回我的本子，但是阿姿不给，她说她想看完，明天再给我。事已至此，我只得说可以，但我要求她不要再当着我的面看，不然我确实无地自容了。想到里边有很多地方写到对她的思念，我感到羞赧，这下好了，她全都知道了。阿姿看到我为难的样子，同意明天再看。她合上本子，望着我，那眼神仿佛在说：那接下来聊点什么?

其实，我们这次的氛围和上次不大一样，两个人的话都少了。但我知道，这是因为我们来到了一个私密的边界上，我必须走进她的边界，才能真正了解她。如果我不知道该如何安慰她，最好还是老老实实陪着她喝酒。而她，则在不经意间，通过黑皮笔记本，踏进了我的边界。我跟她的交往，我一直都处于被动的劣势，而内心对她的情感则日益浓厚，需要我不断克制才能在她面前显得正常。

一时无话，她便自顾自喝起来，她喝酒的样子并不颓废，反而有种力量，那证明她的内心并没有彻底绝望，她还在抗争。

也许，她又会哭泣吧?

可她没有哭，突然就开始讲她的故事。

“要讲我哥哥的故事，必须从我阿爸开始讲起，”她说，“阿爸有个外号叫‘澳门仔’，自幼父母双亡，据说他的父母，也就是我的爷爷奶奶是地下党。可也没什么证据，只是阿爸自己的说法。他是跟着一个叔父长大的，他十六岁时那个叔父过世，他便独自从澳门来广州了。他说他小时候最喜欢读《虾球传》，所以要回祖国干革命。他小时候在酒店当学徒，有门做糕点的好手艺，尤其是做葡挞，那是一流的，因此他在国营的广州酒家谋得了一个点心师傅的位置。同时，他还是一个很棒的足球教练，他并不是有国家编制的正式教练，他只是球踢得好，参加过广州举办的很多联赛，因此有很多街坊邻居会把男孩子送过来，请阿爸教他们踢球。你知道，广州有很多球迷，阿爸因此也特别风光和得意过一阵。他觉得街坊们的认同比什么都强。因此当哥哥出生的时候，他特别开心，他下决心一定要把哥哥培养成特别优秀的足球运动员。

“他真是这样做的。哥哥似乎天生有踢球的基因，在阿爸的严格指导下，哥哥的球技突飞猛进，成了体育特长生，靠着踢球一路轻轻松松上到了高中。哥哥在广州的青少年俱乐部足球比赛中表现亮眼，被职业俱乐部选中了，进入一线队，这是让父亲和哥哥兴奋不已的大好事。我也特别开心，从小我就把哥哥当偶像。再等个一年半载，哥哥有机会进入国家队，就成了大名鼎鼎的球星。想想都开心呀。可现实太残酷了。哥哥年少成名，在学校里获得了一定的特权，经常可以不上课，不知怎么就跟混社会的那些‘古惑仔’有了来往，学会了赌博。也许踢球和赌博之间有什么深层关系吧，比如都迷恋那种突如其来的激情。哥哥一赌再赌，甚至背着阿爸欠下了高利贷。

“有一日，债主，广州话叫‘大耳窿’，带着一帮烂仔直接来学校讨债了。哥哥是个很要面子的人，当着老师和同学的面，他愤怒到了极点，完全失去了理智，飞起一脚踢在了‘大耳窿’的腹部。你想想，一个足球运动员的腿部力量有多大，还是在疯狂的情况下。那个‘大耳窿’当场就翻了白眼。哥哥也是年少气盛，居然还不罢休，拿起凳子在对方脑门上砸了几下。那个‘大耳窿’在送往医院的途中就死掉了。哥哥被逮捕了，什么锦绣前程全没有了。哥哥的生日早，是年初，所以那会儿他已经年满十八岁了，要负完全的刑事责任。检方虽认定哥哥是过失杀人，可以免于死刑，但行为极其恶劣，被判了无期徒刑。恐怕他后半辈子都得在监狱里度过了，就算幸运，可以减刑出来，估计都已经是老人家了吧。

“按理说，这件事对阿爸的打击应该是最大的，因为哥哥是他的希望、他的梦想所在，但他竟然咬着牙挺住了，反而是我阿妈没挺住。阿妈是极为疼爱哥哥的，她把这件事的罪责全都归结在父亲的身上，她天天一边哭，一边骂阿爸，说你这个死老鬼，要不是你当时非要逼着儿子踢球，怎么会弄到这一步呢？你让他好好上学，当个正常人，他现在肯定还好好的，你这个死‘澳门仔’怎么不死回你的澳门去……阿爸年轻时很帅的，阿妈当时在百货大楼当售货员，两家人是邻居，住在同一个巷子里，就跟小说《三家巷》里写的差不多。还是阿妈先对阿爸示好的，阿爸喜欢扮靓，她就给他送发蜡，那时候那可是稀罕物。两个人结婚后，感情一直都不错。可哥哥出事后，她心中的一块天坍塌了，靠着天天疯狂控诉阿爸才能活下去。

“阿爸从一开始的道歉，痛哭流涕，咒骂自己，到后来的沉默，整个人变得苍老不堪，头发彻底白了，整个人都瘦干了，像个鬼一般。但即便如此，阿妈那种疯狂的情绪依然不能得到缓解。在一次探监过后，阿妈看到哥哥痛哭流涕的样子，她的精神完全崩溃了，得了失心疯，整个人忽而歇斯底里，大喊大叫，忽而很沉默，稀里糊涂的，很多事情都记不清了。医生诊断说，阿妈同时患上了精神分裂症和阿尔茨海默病。

“阿良，你能想象吗？这是我十五岁时发生的事情，所谓的青春花季瞬间破碎。因此，我一直想要逃离这个家庭。我知道自己的这个想法有多么自私，沉默寡言的阿爸，失心疯的阿妈，坐牢的哥哥，天哪，我还要离开他们。但我真的不想就那样毁掉，所以我唯一的念头就是自救，我想做点什么至少先拯救我自己，然后等自己有能力之后再来拯救这个家庭。我考上女子学院之后，我全部的花费都是自己解决的。我申请了助学贷款，还有做家教，我没再花过家里一分钱。

“阿爸除了教街坊小朋友踢球赚点儿小钱外，只有一份微薄的工资，但他每隔几个月，还是会拿几千块钱给我，我猜他应该是给一些小蛋糕店去帮忙了。我让他拿着给妈妈看病，我不收他的钱，他竟然会哭，骂自己没用。但我真的不能拿他的钱，我把自己的存折拿给他看，说我表现好，有奖学金。他佝偻着背离开了。说实话，哥哥刚刚出事的时候，我跟阿妈一样，责怪过阿爸，觉得阿爸只管让哥哥踢球，对哥哥别的毛病都是睁一只眼闭一只眼，这才酿成大祸。但阿妈疯后，我看着阿爸佝偻的背影，一点也不怪他了。其实在这个世界上，谁都不会比他更爱哥哥，因此谁都不会比他更恨他自己。”

她一口气说了这么多，停下来，喝了一杯酒，咬着嘴唇，看着我说：“你懂吗？”

“懂。”我向她举杯，然后一饮而尽。我看着她，我的心隐隐作痛。

“不，你不懂。”她深深吸了口气，“你不知道我付出了多大的努力，才可以去香港深造。从女院毕业后，我做了很多兼职，为了活下去，为了攒够学费。你知道广州的龙潭村吗？那里是做服装加工的一条街，我给那些家庭作坊做服装设计，有时得跟他们一起做缝纫。那真是个沸腾的地方，无论白天还是夜晚，都是人声鼎沸，灯火通明，路面上全是拉着服装布料的小推车，汽车都要等好久才能通过。在那里的大都是湖北人，街道上充满了湖北特有的辛辣气息，我吃不惯辣的，一开始老是拉肚子。

“后来，在我住的那栋楼里发生了杀人案。起因很简单，简单到难以置信，就是一对恋人分手了，男人要求复合，女人不肯，尤其是女人的闺密还嘲笑了男人，男人竟然大受刺激，失手杀了人……我不敢在那里做了，便经我的老主顾介绍，去了康乐、鹭江和五凤三个村组成的‘中大布匹市场’。你根本想象不到，那里有一万多家作坊式制衣厂，全国一半以上中低端女装都是在那里生产的。走在里边，犹如在迷宫一般，每个档口都看看，需要两年时间。我看到每一张脸都憋着劲，准备大干一场。我为了多攒钱，也为了逃避，便跟那些女工吃住在一起。

"她们听我的口音是本地人，都觉得奇怪，说她们的房东一年光收租都能挣百万元，我只能说，怪我没生在这三条村里。她们看我年纪小，是个读过大学的服装设计师，却还那么能吃苦，便对我非常好，格外照顾我。有时她们挤在一起，也会给我腾出单间来休息。我想起她们都觉得感动，她们那种坚忍的精神给了我很大鼓励，让我可以坚持下去。一般来说，广州本地人远远没有外地人那么拼，可当我跟她们一起工作的时候，我被她们感染了，我觉得我可以跟她们一样拼。这是在我过去的生活中难以获得的，这些经历让我成熟了很多。我甚至在想，假如当年哥哥在这样的地方生活，便会知道生活的艰难，他一定不会去赌博了吧？我在那里给阿哥写过信，阿哥回信说：'妹妹，你比阿哥成熟多了，我很惭愧，你一定要走好自己的路。'看到他的信，那一瞬间，我忽然觉得自己受的苦都是值得的，因为我意识到，阿哥的一部分人生转移到我身上了。

"终于，我攒够了钱，经过半年的复习考试，如愿以偿考上了香港理工大学设计学专业，都说这是香港最好的设计院系。我跟着最好的设计师学习，有了国际化的视野，我的作品也越来越时尚，有一些大公司已经给我发出了邀请函，如果我愿意留在香港，一点问题都没有。你知道啦，那边的生活习惯、饮食和语言跟广州差不多的，留下来的话，我会很适应。但是，我并不开心，因为我知道阿妈的身体越来越差，她的阿尔茨海默病越来越严重了，她眼下的记忆越来越少。她的记忆定格在了哥哥出事之前，我放假回家，告诉她我是阿姿，她便会问我，那你阿哥回来没呀，他什么时候回来呀，他什么时候返屋企呀？屋企，就是家，你应该知道的。

“其实，一度我甚至为阿妈的这种变化感到庆幸，因为她忘记了哥哥的出事，她的痛苦应该就会少很多。她也不再去指责阿爸，那阿爸的痛苦也会少很多。这算是一种自欺欺人吗？”

“她不是自我欺骗，她是病了。”我说着，又喝了一杯酒。我听着她的讲述，竟然开始频频主动喝酒了。不是借酒浇愁，而是心中忽然有个空洞，想要吞噬自己，只得用酒去喂它。阿姿酗酒也是这样的感觉吗？

“对阿妈来说，不是自欺欺人，可对我来说，总是有那种感觉。”阿姿挺直了身子，眼镜在夜色中反射出复杂的光泽，“我原先害怕回家，可阿妈成了这个样子，好像时光倒流了，那些可怕的事情都没发生过，我就特别想回家了。回家的念想，折磨着我，我没法再安安心心留在香港。我就是在香港的时候，开始喝酒的。我那会儿太孤独了，一个人在异地，有时深夜想家，想到家事，想到过去的美好，想到生命的无常，想到未来的道路，什么力气都没有了，像是陷入沼泽地里，要被黑暗吞没。那种恐惧让人崩溃，我只能一醉了之，慢慢就成了恶习……”

我举起酒杯，敬她。

喝完后，我说：“从明天起，我们不喝酒了，好不好？”

“我每次喝酒的时候，都是这样想的。”她惨然一笑，摇摇头，继续说，“假期回到家中，我发现阿妈的记忆退化得越来越厉害。她老是聊到她的童年，聊到她的阿爸阿妈，也就是我的外公外婆，他们一起在船上的日子。她甚至有时还会哼唱起渔船上的睡眠曲，冲着我叫我阿妈。她竟然变回了孩子，回到了单纯的童年。我心中明白，她来日应该不多了，因此我决定一毕业便回广州，在她身边照顾她。我还要为她设计一个场所，把她那些珍贵的记忆保存下来，分享给世界。现在，我是回来了，但是，我还没能达到我的目标。你看到我工作室吊顶上的小船和小鱼，只是一次小尝试，还差得远呢。唉，想到这些，我就焦虑，就想喝酒。真是抱歉。”

她果真端起酒杯，一饮而尽。

我被她的故事震撼着，久久说不出什么话来。

“你听傻了吗？”她笑了。

“我听你的经历，想到了一句歌词：要走多少路，才能成为一个人……”

“鲍勃·迪伦。”她说，“一些人要存在多少年，才能获得自由……一个人要回转多少次头，才能假装什么都没看见。”然后，她用英文哼唱了起来。

她任眼泪滑落，没有擦拭。

眼泪掉在了桌面上，掉进了酒杯里，像是落在大地上的雨水。

我的眼睛也湿润了，我也想在餐桌上就这样放声大哭一场。但我不能，我只能忍着，扭头看着马路，看车一辆辆驶过，仿佛这些车可以带走那些悲伤。

“那你怎么开始设计眼镜的？”我想避开伤心的话题。

“我对眼镜设计有着特别的情感。我这么拼，所以我近视好多年了，但我的眼镜跟我的近视程度一直都不是很匹配。因为我为了省钱，一直没配新眼镜。当我做服装设计赚到第一笔像样的钱时，我所做的第一件事，便是去给自己配一副合适的眼镜。当我戴上新眼镜后，我一下子发觉整个世界都清晰了，我好像重新活过来了。我那会儿在龙潭村打工，我专门给自己放假一天，戴上新眼镜去散心。我走到了旁边的七星岗公园，这是一处古海岸遗址，据说五六千年前那里还是一片汪洋大海，可大海早已后退，只留下海浪拍击礁石的痕迹。在一大片裸露的红色岩石上边，可以看到海水侵蚀过的大大小小的洞穴。我站在崖边，通过新眼镜看着这一切，觉得自己看穿了时间，也看透了这个世界。这让我的心情既苍凉又愉悦。

“这个眼镜一戴又是许多年。我去香港深造后，突然发现自己戴的眼镜是多么老土。我这才意识到，戴上眼镜不仅是为了看清这个世界，与此同时，这个世界也会因为我们的目光而报以回望的目光。这就是世界的目光。世界的目光是一个巨大他者的目光，反而提醒了我们自己的存在。因此，戴上好看的眼镜，便是对世界的目光进行回报。阿良，你读的书多，也许早都明白这个，但我是很晚才意识到这点的。对我来说，这太重要了，是我的新起点，我终于找到了自己做设计的哲学意义。因此，我觉得自己找到了人生的根基。也就是说，设计眼镜，便体现了我的设计哲学。”

我的眼泪终于不受控制，落了下来。我赶紧起身，说抱歉，走去了厕所。在酒精的催化下，我无法控制自己的情感，只得关上厕所门哭了一气。好多年都没有这样了。其实，父亲过世的那年，我只是没有当着母亲和妹妹的面哭，我把自己关在房间里狠狠哭过好多次。我的父亲是很爱我的，可我总是不愿意承认。

这次竟然因为阿姿的家事而痛哭流涕，我知道自己是爱上她了。折磨她的艰辛是我难以体会的，她却从中学到这么多，并理解到了生活和艺术的深刻哲理，而我所承受的那点东西，跟她所经历的相比，又算得了什么呢?

我陷到一种巨大的感伤当中，这种感伤已经不再限于她了，也关于我自己，以及更大的我也说不清的东西。

阿姿说我读书多，能想到这些，其实我还真没有想过这么深。但是她一说，我全都能理解，好像是激活了心底的一个沉睡火山。因而，我的内心发生了极大的共鸣与震颤。应该设计出一款王者眼镜，“世界的目光”这个名字多么大气啊。这是阿姿的专利，我可不能偷窃她的创意。

【世界的目光】

当我们不再沉溺于所见

世界的目光反而迎面而来

时代需要一副大眼镜

才能看清那个野未来

型号：007

材料：记忆钛以及贵重金属、珠宝配饰

关于这款眼镜，我只是想到它应该是无框的，表示人跟世界交融的无限性。材料还是应当选用记忆钛的，意味着即便世界进入一个无法预知的野未来，也不能丢失关于过去和今天的记忆。但是，光是记忆钛的材料无法表现出此款眼镜的王者风范，应该跟一些珠宝进行搭配，提升品质。但这是我暂时没有能力实现的。因此，这款眼镜应该让阿姿来设计，她一定会设计出一款精品。

我能确定的，就是她一定会喜欢这款眼镜的名字。

8

“该你了！”

阿姿说着再次将杯中啤酒一饮而尽，然后杯子重重落在桌面上。巨大的敲击声引得左右侧目，尤其是服务员警惕地望着我们。

“我？该我……什么？”我在感伤中变得虚弱。

“该你讲讲你的故事了，阿良，我能感觉到你和我是相似的，有什么东西在折磨着你，你压抑着自己，但你并不甘心。”

“我有吗？”

“有。”

“其实我对我妹夫陈春秋没什么意见，”我想到此前阿姿问过这个问题，便从这里说起，“但是他跟妹妹还没有自己的房子，我们挤在一起，他们还在凑钱想付首期款，我赚的不算多，母亲让我也给他们凑一份。”

“你当哥哥，不应该帮帮妹妹吗？我的哥哥虽然出了这么大的事，但上学那会儿，他一直很照顾我的，生怕我在学校里被谁欺负了。”

“我也是的，一直呵护着妹妹长大的，但是……但是她不是结婚了吗？妹夫毕业后来到深圳，几乎是从零开始的。我知道他很不容易，他们还没结婚的时候，我就让他可以先住到家里来，他节省了不少房租。但老实说，家里地方不大，嗯，不是不大，是很小。六十八平方米，我让他们住在房间里，我自己住在客厅。我这个当哥的，也没那么差啦。本来我们不必这么惨的，如果父亲还在，按照老规矩，我们可以多分一套房子。实际上，在父亲病重的时候，拆迁的风声已经传开了，但父亲不以为意，还跟我们说，不该我们占的便宜坚决不能占。我当时心里想，他怎么会那么迂腐呢，我还拐弯抹角劝过他，让他跟当居委会主任的廖叔商量一下这个事情，廖叔一定会帮我们想办法的，可他闭着嘴巴，不说话，就那样看着我……”

“可惜你父亲死得不是时候。”阿姿说，“我喝多了，这样说你别生气，可你就是这样想的吧？”

“我不是这个意思，但客观上来说，假如父亲能多活半年，真不会是这样的局面。”

“那你不就是在怪你的父亲吗？”

“我……我也不知道，是个悲剧吧。”

“那你到底想说什么呢？他也不想那么早死去。”

“唉，是的，我也不想，我真不是怪他，而是怪命运的捉弄。说心里话，我可怜他。一般我不敢想起他，想到他，我首先觉得他这一生是不幸的，从他的父亲开始，包括母亲和我，都是他不幸的一部分。他的父亲，也就是我的爷爷，我从来都没见过，不知道是跑去了加拿大还是美国，想挣大钱的，但是一去不返，没有半点消息，连怎么死的都不知道。父亲做了一辈子民办教师，连个编制都没混上。母亲一度跟父亲的关系也不好，也觉得他迂腐，不懂得变通，不能赚钱。我本来是很爱父亲的，但他对我太过严格了，在他的潜意识里，男孩子一定不能溺爱，要受苦。他把他不幸的父子关系投射到了我和他之间。所幸，妹妹是个暖宝宝，她和父亲相处得很好。”

“我不了解你的父亲，但听你这么说，他应该是个正直的人。”

“是的，这是毋庸置疑的。可他对我做的每一件事情都百般挑剔，让我无所适从。假如我有能力，可以自己去买套房，就好了。”我被她逼问，脑子一片混乱，不自觉地叹口气，“可我觉得自己失去了这样的能力，我都不敢去想。所以，归根结底，我还是无法面对自己的怯懦吧。”

“你怪你父亲也不仅仅是分房的事情吧，好像你对他又恨又爱，”她笑了声，然后却说，“我们家也是两房一厅，以前也特别挤，小时候我和哥哥住上下铺，长大后，哥哥跟你一样，也睡在客厅里，在他的床边摆了一个印有扬帆出海图案的屏风。哥哥坐牢后，家里是大了，可我倒是愿意哥哥还在家里，挤挤也没关系……”

我刚想说那是因为你还没结婚，还没自己家庭的缘故，可突然间，她像断电的机器人一样，脸部直挺挺地倒在了餐桌上，眼镜都扎进了盘子里。

“你没事吧？”我赶紧跑过去扶起她。幸亏她没受伤。我用纸巾擦干净她的脸，她浑身瘫软，嗓子里发出细微的呻吟。

她彻彻底底喝醉了，这可怎么办？我主动呕吐了三次，此刻除了食道火辣辣的，头脑还是清醒的，我们不可能再像上次一样同时醉倒在路边，现在唯一的办法就是去开房。

我扶着她往外走，很快，找到了附近的一家宾馆。办理入住的时候，我居然想起了那则新闻：有色狼专门去酒吧门口“捡尸”，将那些醉倒后人事不省、瘫倒在地的女孩子带到房间里猥亵。这让我不敢正眼看服务员的眼睛，仿佛我要干什么坏事。但我又不能开两个房间，也怕她出事，喝醉熟睡后呕吐是很危险的。因此，我选择了两张床的标准间，一人一张，心里倒也踏实些。

迷迷糊糊不知睡到深夜几点，我起身上厕所，回来后顺便看看她。突然，她伸手抱住了我，我也本能地回抱她。她的拥抱不是轻飘飘的触碰，而是极其有力的，我只得顺势躺下。我和她脸挨着脸，她的气息与呼吸占据了我的意识，我们的嘴唇情不自禁地触碰在一起，急切地探入到彼此的边界之内。身体的欢悦如同猛烈的潮水，将我推到幻觉的更深处。

早上醒来的时候，我和她仍抱在一起。

赤裸的身体接触，那种潮热的感觉忽然让我紧张不安，一种自我质疑出现了：我昨晚是否乘人之危犯下错误了？我只得半睁眼睛观察她，却发现她的眼睛正直视着我。从她的眼神中，我能感受到她的温柔。于是，我大胆吻了她的眼睛，然后搂紧了她。

此前，我是多么渴盼能和她在一起，但是，很快让我有了一种不真切的感觉，我依然怀疑这是自己醉酒后的幻觉。

我们起床，一起洗漱，她给我的牙刷也挤上了牙膏，递给我。我接过来，忽然意识到，即便做梦，我也不会梦到这样的场景，这是超出我经验范围的事情。一种美好的暖流让我全身松软，我想再抱抱她，可她灵活地躲开了，咯咯笑着。奇怪，昨晚明明是她酩酊大醉，现在她却行动利索，像是什么也没发生过，反倒是我笨手笨脚，好像仍处于宿醉之中。

“还想喝艇仔粥吗？”她刷完牙，从镜子里看着我问道。

“当然好啊，喝粥养胃。”我赔着笑，小心翼翼地问，“你昨晚喝醉了，你知道吧？”

“废话。”

我又问：“咱们聊了好多，你还记得吗？”

她点点头。

“那你没喝断片吧？”

“阿良，你到底想说什么？”

“我经常喝醉后醒来，不知道自己说了些什么。”

“你别再怪你父亲了。”

我一愣，她笑了。

我也笑了。

看来她什么都记得，我的心里终于有种飞机着陆般的踏实。

我们喝艇仔粥，吃虾饺，饮了好多茶。阿姿专门点的是潮汕的单丛茶，既有绿茶的清香，又有红茶的浓郁，解腻又提神，宿醉状态彻底消失。退房后，我们来到江边，沿着江边缓缓散步。我试着牵她的手，她没有拒绝。没有酒精的催化，说话自然没有昨晚那么密集，不过，江边的风景弥补了说话的间歇。白天的珠江没有游船，露出了它的天然本色，正像阿姿说的，它是如此沉默。它将无数的倒影记取在它的记忆里，却无法破解。

我和阿姿并排俯靠在石栏上，凝望着江面，与喜欢的人同看一片风景，跟凝视彼此的双眼有着异曲同工之妙。

阿姿说为了兑现她上次的承诺，要带我去登“小蛮腰”，吃那家旋转餐厅，奢侈一把。我当下心领神会，今天对我和阿姿来说，是值得纪念的一天。从今天开始，我结束了我长达数年的单身生活，有了一个知心人。

我们沿着江边向“小蛮腰”走去，大约走了三公里，有种徒步的快乐。我们走走停停，等走到时，已近黄昏，“小蛮腰”亮灯了，周身都闪着各色彩光，犹如一个巨大的宝瓶。站在下方仰望这个六百米高的庞然大物，令人迷幻不已。我们走进宝瓶，我突然觉得自己的生活从此开始脱离现实，要变成童话了。

电梯是透明的，眼看着视野阔大起来，江的长度也显现了出来。大江蜿蜒着从这座高楼林立的古老城市横穿而过，江水沉重如同银色的重金属，装饰着万家灯火。这一幕还真是震撼到我了。我承认，我确实没法再跟我妹夫陈春秋说，上去看了看，又下来了，仅此而已。我反而想的是，我以后应该带着母亲，还有妹妹一家子，也来看看。当然，还有阿姿和她的家人。由我和她带着一大家人，谈天说地，其乐融融，那该多好。世俗生活的普通场景，现在对我来说竟然有点类似奢望。

“我还是喜欢广州。”阿姿跟我一样凝望着大江。

“喜欢香港吗？”

“也喜欢，但不一样。”

“深圳呢？”

“那得问你了。”阿姿收回目光，笑着看我一眼。

“我当然是喜欢的，但我觉得深圳是一个变化很快的地方，要说出对它的喜欢，不是一件容易的事情，得真正理解它。我小时候觉得深圳是最有活力的地方，每个人都是老板，所以那会儿我觉得既然老板这么好当，那还苦哈哈学习干什么。父亲批评教育我，我也听不进去，显然，这种思想害了我，原本我可以有一个更高的起点，可等我意识到这点的时候，已经老大不小了，晚了。”

“不晚，你还要当眼镜设计师呢，加油。”阿姿说着，用手指轻触我的手背，我竟然感动得无言以对。

走进塔顶的旋转餐厅，我们坐定后，叫了牛扒和罗宋汤，我问阿姿：“要不要来杯红酒？”她摇摇头：“疯了，酒才刚刚醒。”我跟她开玩笑道：“你这样说真不像是酗酒的人。”她说：“你不懂，喝酒不是爱酒，是一种逃避。”我赶忙说：“知道了，我们戒酒。”

沉默了一会儿，我忽然想到不知下回什么时候才能见她，心中一阵焦虑，便邀请她再来横岗玩。

她问我：“横岗除了眼镜，还有什么好玩的？”我着实愣了一下，横岗没有大江，也没有大山，只好调侃道：“哦，对了，我们那儿有座小山，叫‘跌死狗’。”阿姿听后笑了，觉得不可思议。我忽然想起一件陈年往事，告诉她，当年有人为了逃赌债，竟然逃进“跌死狗”里，还是被警察抓住了。

“应该改名叫‘跌死人’。”阿姿的语气有些不悦。

我这才意识到自己说错话了，让她想起她哥哥了。

“赌博让人有种失控的激情吧……”既然话已出

口，覆水难收，只能想办法宽慰她，我说，“我还知道一个叫陀什么的俄国作家特别喜欢赌博，靠写作的稿费去还赌债，还写成了伟大的作家。你哥哥只是运气不好，他本心肯定不想如此的。”

“陀思妥耶夫斯基。那个俄罗斯作家的名字再难，我都记得住。”阿姿说，“哥哥出事后，我有一天在图书馆看到了一本叫《赌徒》的书，看译者的介绍说这是根据作者自身的经历写的，便借回去看了。”

“对，就是他，我也恰好读过那本书。”

“那你也知道，阿列克谢一开始赌博是为了爱情，但等他赌赢了，却发现赌博的快感远远大于爱情的快乐。他说的那句话你还记得吗？我把那句话抄下来，本想寄给哥哥的，但后来想想还是算了，觉得太过残忍。”

“哪句话？”

“‘我的整个生命都成了赌注。’”

我伸出手，握紧了她的手。

食物上桌了，可气氛沉重。我们默默吃了一会儿，不知不觉中，我们已经旋转到了另一侧，没有大江的一侧，只有浩瀚的城市灯光，犹如荧光生物聚集在夜晚的海面。

终于，我把自己的隐秘和盘托出：“阿姿，你来横岗看看茂盛世居吧。”我把父亲临终前去看围屋的事情跟阿姿说了，也讲了何氏兄弟艰辛创业的故事。

“茂盛世居，好名字。”阿姿望向窗外浩瀚的灯光，“我喜欢‘世居’这个词，有着大地的稳定，被你说得还真想去看看了。”

“大地的稳定……不愧是冼老师，每次都有独到的发现。”

“也许是我敏感了，我想起我的祖先，他们世居在水面上，你听听，这个说法似乎有些超现实。”

“世居在水面上，简直像一句诗。”

“如果我们深入了解这首诗，会发现这是一首恢宏的史诗。”阿姿若有所悟地沉吟片刻，“我要为母亲设计的那个艺术空间，一直没想到贴切的名字，似乎就可以叫‘水上世居’？”

“绝妙！就叫‘水上世居’。不仅是为你的母亲，也为所有的疍家人，留下一个激活历史记忆的地方。历史记忆这个说法，其实还是父亲告诉我的。他说个人记忆终究要汇入历史记忆，我当时还不理解。”

“你父亲哪里是个中学老师，分明是个哲学家。”阿姿笑道。

我们的谈话渐入佳境，我有心旷神怡之感：“我之前喜欢的是‘茂盛’这个词，我还想设计一款叫‘茂盛’的眼镜呢，没想到经你一说，‘世居’更是意味深长。如果没有‘世居’，又何来‘茂盛’呢？”

“我知道你的‘茂盛’眼镜，昨天看你本子上写了。”阿姿突然有些动情地说，“阿良，你真的是用心了。本来我还没想好去不去横岗呢，但我现在想去了。”

“周末就来吧？”我迫不及待地说。

“这周还有事，下周吧，下周末，我去深圳。”

我笑着说：“顺便来我家里做客。”

“你想干吗？太快了吧？”她佯装嗔怒。

“你多虑啦，就是来家里吃顿饭，我把你设计的环保眼镜送给了家里人，他们赞不绝口，都想认识你呢。”

“真不知道你是怎么说我的，”她站起身来，“到时再看情况吧。”

她没完全拒绝就有希望，我暗自窃喜。

从“小蛮腰”出来，我们便道别了，她还有事情要忙。我恋恋不舍，握着她的手不愿放开，并让她别再酗酒了。她点点头，说会尽力克制的。我忍不住当街轻轻吻她，她嘴唇微张，说了个无声的“羞”。

我走下地铁站，回味着这梦幻的一天，脚步像踩在云端上一样轻快和愉悦。

回到家中，妹妹和妹夫上班未归，母亲一个人坐在客厅的窗前，戴着眼镜，一点一点地用竹条编织着造型，就跟小时候给我们兄妹打毛衣一模一样。她那双手，这辈子很少有闲下来的时候，上边布满了粗茧。

“崽，你最近忙什么呢？好像魂不守舍的样子。”

果然母子连心，我脱口而出：“阿妈，我有女朋友了。”速度之快，仿佛就等着她问呢。

母亲的手停下来，抬头望着我笑了：“崽，你不是哄我开心吧？”

“哪有拿这种事开玩笑的？她在广州，是个好厉害的设计师。”我说的时候，竟然在母亲面前都有些羞涩。

我干脆搬个凳子，坐在母亲身边，把阿姿的情况跟她慢慢讲了。她的父母出身，哥哥如何出的事，以及她如何努力自救的历程，都一一讲了。我感触很深，因此也讲得格外动情。母亲听完之后，竟然摘下老花镜，用手背擦了擦眼泪，连连感叹了几句：“苦命的孩子！”她专门说到阿姿的母亲，“这个老太太太苦了，比起她来，我可以称得上幸福了。”我看着母亲布满老茧和伤疤的双手，一时间觉得我和她对幸福的理解是不是有些差别？

“你想想看，要有多大的苦，才会把人逼疯？要是你出了事，我也不知道该怎么活了。”母亲用泪眼望着我，脸上又挂着慈爱的微笑，“我现在唯一担心的，就是你的婚姻大事，看你一直不急的样子，还以为你要当剩男了，可没想到你是‘懒人自有懒人福，迟来食碗猪肉粥’。”母亲把流行用语和客家土话来了个大杂烩，把我逗笑了。我告诉她，阿姿下周末会来横岗玩，但还没说好见不见家长。

“耕田唔好误一年，娶妻唔好误一生。”母亲低下头，她的手继续开始忙，“现在你们好上了，反而不着急，慢慢来吧，你对人家付出真心，人家自然回报你真心。”

“我想带她去茂盛世居看看。”

“去吧，你阿爸，还有何氏的老祖宗，会保佑你的。”

“要是阿爸还在就好了，”我说，“你也不用这么辛苦。”

“你阿爸要在，你也不用这么辛苦。”母亲顿了一下，并没有看我，继续说，“然后你迟早跟你那个远房表哥一样，成天就知道吃喝玩乐，最终染上毒瘾。”

“阿妈，你不能这么说呀！”我有些急了，“我在你眼中就是那样的烂仔？”

母亲放下手里的物件，站起身来，向卧室走去。我有点纳闷，母亲这是怎么了，怎么好端端地忽然发火了？她可是个极少发火的人。很快，她又走出来了，手里拿着一个红色的本子，递给我。我一看，是房产证，整个人愣住了，不知她的用意。

“阿良，你阿爸临终前专门跟我说，这套房是留给你的。我看你这些年迷迷糊糊的，不知道怎么过日子，就一直帮你保管着。现在，你谈女朋友了，店铺也算是做稳了，这证应该交给你了。从今天起，你就是一家之主，明天我们就去房管局，把上边的名字改成你的。我要好好养老了，不想再操心咯。”

“阿妈，这上面写谁的名字不都一样？换成我的名字，又不会大一寸，还是咱们挤在一起。”我不知道该怎么回应母亲，只好说着这样的话掩饰慌张，然后把房产证重新放回了抽屉，仿佛那东西是见不得光的。

“嘴硬。”母亲说，“就这么定了。”

过了一会儿，妹妹回来了，她看到我有些意外：“咦，哥哥，今天这么早回家？”

“你快有嫂子咯。”母亲搭腔道。

“真的啊？太好了，我要看照片！”

“小细别胡闹，哪有照片看！阿妈，你嘴太快了。”我嘴上严厉，脸上的表情一定是掩饰不住在笑。

“世居”对我来说是个理所当然的名字，我竟然长时间忽略了它。在我的意识里，“世居”跟“围屋”都快变成同义词了，但它们显然是不一样的。“世居”与其说是一个词，不如说是一句话。在两个字构成的简洁叙事中，透露出的是一部史诗的片段。“世居”是时间和空间在人类身上的结合点。

但“世居”终究还是被我忽视，被很多人忽视，尤其是被带着大地属性的人忽视。反而是阿姿这个水上居民的后裔赋予了“世居”全新的意味。是啊，在水上世居意味着怎样的漂泊与荡漾，意味着怎样的艰辛与磨砺，更是意味着怎样的诗意与自由。

在水上世居——凡是有水的地方都可以称之为故乡。

这不仅仅是一种比喻，也是现实。实际上，在知道阿姿的身份后，我在网上查阅了疍家人的相关资料，知道疍家人不仅分布在广州，还分布在珠江流域与韩江水系的很多地方，从江门、东莞、佛山到潮汕地区，都有。而且不只是淡水，从福建到海南的沿海港口，从古至今一直有疍民的船影。在江水上讨生活的叫“河疍”，在大海里闯荡的叫“海疍”，还有一种专门养殖和采集珍珠的叫“珠疍”。回头我会好好跟阿姿聊聊这些。可惜她的母亲已经失去了大部分的记忆，无法回忆起祖辈的更多生活。

疍家跟客家真是具有鲜明对比度的两个族群。当客家人用一砖一瓦把自己安全守护起来的时候，疍家人却在敞开的水面上不断寻找着适合生存的地方。可以说，疍家人是最极端的游牧者。当中亚大草原上的游牧者第一次感受到大陆的广袤时，以水为家的疍家人早已在风浪的拍打下寻找着世界的尽头。

【世居】

住下来，因为大地是稳定的

住下来，即便水面是晃动的

住下来，生命靠繁衍穿越了时间

住下来，空间向所有的生命敞开

型号：008

材料：设想用黄金代表大地，用蓝钻代表大江

设计人：希望能和阿姿一起完成

住下来，不仅是身体安定下来，心也要安定下来。那么，我跟阿姿何时才能真正地住下来呢？如果说，从前我根本不敢想这个问题，但现在，显然我们正在往那个方向迅速发展着。总有一天，我们会住下来的，身与心一起住下来。

9

这段时间我和阿姿的微信来往频繁，稍有空闲，我便给阿姿发信息，她若恰好没在忙，便会很快回复我。这种“秒回”的感觉真美妙，像是传说中的量子纠缠。有另外一个生命可以随时跟自己产生互动，我生活中的凝滞感开始从深层被搅动起来，即将彻底消散。不过，我们在微信上极少聊那些伤心事，聊的都是一些无关痛痒的事情，比如：你吃饭了吗，吃了什么，好吃吗，拍

“别那样说春秋。”我瞪妹妹一眼。

陈春秋家在陕西终南山下世代耕种，他父母前几年听说一种叫“阳光玫瑰”的葡萄很赚钱，一串就能卖到两百多块，便向儿子陈春秋借钱投资。陈春秋跟妹妹商量，妹妹也被“阳光玫瑰”这个无比诗意的名字给诱惑了：葡萄园里全是阳光玫瑰的清香，她带着孩子任意采摘，边采边吃，果真是“采‘萄’东篱下，悠然见南山”。这个场景让她无法抗拒。陈春秋就把一大笔积蓄都给了父母，他们在终南山下承包了一百亩地，全都种上了“阳光玫瑰”。一年后，因为栽培技术不到位，以及感染了炭疽病，几乎白忙活了一年。而且，由于当地种植葡萄的农户越来越多，“阳光玫瑰”的价格也一路走低。父母本想挣钱给儿子在深圳买房，可现在连自身都陷入了危机。

“没事，哥，我相信葡萄园会旺起来的，”陈春秋说，“现在你的事情要紧，我要是你，就立马坐车赶过去看看怎么回事。”

妹妹不同意，她从女性的心理出发进行分析，觉得不应该那么鲁莽，而是要给对方一个缓冲的时间。阿姿不回信息，肯定有人家的特殊情况。她不惜用自己举例，说有几次她跟陈春秋吵完架，她想一个人冷静一下，可陈春秋就是不依不饶，让她极为烦躁，甚至都有了分手的心。

陈春秋涨红了脸说：“啥叫不依不饶，我是赶紧跟你道歉，想得到你的谅解。”

“那会儿道歉有什么用，就是想冷静下来，什么话都不想听。”

“好吧，可是哥跟阿姿并没有吵架啊，忽然不联系了，会不会出什么事了？”看来，男人的思维方式都差不多。

“不会的，我想至少阿姿本人应该是没事的，毕竟她的手机没关机，能打通，也没有把哥哥的微信给拉黑呀，不是吗？”

我和陈春秋不由得对视了一眼，同时被她说动。

“也许她喝醉了呢？哥哥你说她是经常酗酒的，她去监狱里看到自己可怜的哥哥，一定很难受，然后把自己灌醉，这应该是很容易理解的。哥哥你要是做了什么错事，被警察抓了，我去监狱里看你，我一定也会很难过的。”她竟然开起了玩笑，咯咯咯笑起来。

“死丫头，诅咒我吗？”我哭笑不得。要不是妹夫在这里，我一定要教训她一顿。不过，我紧绷着的心确实放松了。我觉得妹妹说得很有道理，也许还是女人了解女人。于是，我问她：“那你说我该怎么办，就这么等着？”

“你今晚再给她发个信息，她若不回，你再打她电话。”

“不接呢？”

“那就好好睡觉，明天再说。”

“要是明天还不回呢？”

“不会的，你又没做什么错事。”

“就因为这样，我才心里没底呀。”

“哥——”妹妹拖长了音调，“我看你是太久没谈恋爱，变得疑神疑鬼，患得患失。如果你们没能走到一起，那就是缘分还没到。现在，你要淡定！”

她转身走进厨房，继续去做菜了。我心底那个长不大的弱小妹妹，从什么时候开始有了如此强大的能量?

晚饭后，我发了信息，打了电话，还是没回应。

妹夫买了六瓶珠江纯生，一袋南乳花生，主动过来陪我。我们一开始聊的是“阳光玫瑰”的话题，避免提及阿姿。不知怎么回事，我们从“阳光玫瑰”一路聊到了刚刚出台的三孩政策，陈春秋感慨自己三十五岁了连一孩都没有。我这个大龄“剩男”单身日久，对孩子的事当然从不上心，但听他这么说，才意识到情况很严重了。

“你们赶紧要呀！”我说，“还要等到什么时候！”

陈春秋支支吾吾，还是说了：“哥，不是在凑首付款嘛……现在要是怀了，空间不够啊。”

该来的终于来了。

此前有母亲做挡箭牌，现在要直接面对了。

“我说你这个人是不是有点死心眼呀！”我趁着酒劲儿，呵斥他道，“老话怎么说的?‘有苗不愁长’，你们先把孩子生了再说，车到山前必有路。咱们一起住，地方是不大，但也不差一个小宝贝吧？你知道历史上的疍家人吗？世世代代都生活在船上。一艘渔船能有多大，大人和几个孩子都生活在上边，都能延续数百上千年！咱们六十八平方米两房一厅的房子还比不上一艘小船吗？”我越说越激动。

陈春秋嘴巴张了下，估计想反驳我的，但又喝了口啤酒，把话咽下去了。

“实在不行，我到时搬出去住，你们北方人不是说，活人不能让尿给憋死。”

“哎，哥！你可别……”

“你叫我哥，就要听我的。从明天起，你要戒酒，开始锻炼。你作为资深的‘程序猿’，也要尽量不熬夜。明年我要看到你们的孩子。”我很少以长辈身份跟他说话，现在我认为，我确实得管管他们了，我趁着劲头继续说：“你们对生活的认识太刻板了，非要把买房跟生孩子两件事关联起来。可是，那种野蛮的、顽强的、不顾一切也要生存于世的态度，才是人类绵延至今的动力。春秋，你是陕西人，你很自豪，因为你的故乡文化底蕴深厚，那我问你，你知道你们陕西大儒张载说的那四句名言吗？”

他摇摇头，有些茫然。

“那你听好了，”我一个字一个字地慢慢说，唯恐他听不清楚，“‘为天地立心，为生民立命，为往圣继绝学，为万世开太平。’你说，这是什么气势？再看看咱们，盘算这个，盘算那个，然后不敢结婚，不敢生孩子，不敢辞职，不敢生病，别说不敢死了，甚至都不敢活着，让人工智能来替我们活，我们是不是都活得太小了？啊？太小了，太小了！你看《动物世界》，动物为了繁衍所付出的是什么代价。就连狮子这样的百兽之王，一生中也得不停繁衍，才能保证有那么几只小狮子逃过鬣狗的撕咬、疾病的感染、饥饿与干旱的威胁，从而勉勉强强活下去。春秋啊，大胆地活！活下去，活好了，才能帮到更多的人。”

“哥，说得好啊！我听你的！”

我忽然想到了那个模糊的差点被遗忘的念头，赶紧起身，走到客厅屏风后面的桌子前，拉开抽屉，将暗红色的房产证拿了出来。也许，这正是母亲把它交给我的意图吧。我走过去递给陈春秋，说：“拿去银行，少说也能贷出百十来万，先把首付款付了再说。月供咱们一起想办法，其实也没那么难啦。”

妹夫已经语无伦次了，说什么也不合适，干脆倒了满满一杯酒敬我。

我看到了他眼里的感激和敬慕。

实际上，我自己都惊异于自己的表现。这段时间跟阿姿的交往，似乎让我过去经历的那散乱的一切，都在重新受到激发，产生系列的化学反应。尤其是跟阿姿的失联，让我更深地审视自己。

我举起酒杯，跟妹夫碰了。然后，我们一杯又一杯，加快了速度，一切尽在不言中。六瓶纯生喝完后，我倒头便睡。

周一，没消息。周二，还是没消息。

我不能再等下去了，她那边一定发生了很大的事情。我赶紧买了周三最早的高铁票，第二天八点半就到了创造社门口。

阿姿的工作室房门紧闭，一直没开门。我等到中午，她也没来。我询问一个年轻的保安，他摇摇头，说："不清楚。"

我一直等到了晚上，阿姿的工作室还是没开门。我深感绝望。这时，门口的保安换班了，来的正是那个收留过我和阿姿的东北保安。我赶紧上前，说起往事，他自然记得，哈哈大笑起来。

"她怎么一直没来工作室呢？"我问道。

保安大哥瞅了我一眼，大声说："你俩闹掰了？她发生啥事，你来问我？"

"没有闹掰……她不回我信息，急死我了。"

"吵架了吧？年轻人没事别吵架，尤其是你作为男人，要多包容。"保安大哥教训完，方才换了个语气说，"冼老师的店周一就没开门，两天了。"

"您知道她家在哪儿吗？"

"这我哪知道呀。"

阿姿那边一定出事了，我再次给她打电话，她还是不接。我无计可施，走到她的工作室门前，一屁股坐下去，这样能让我觉得离她近一点。

保安大哥慢慢走过来，问："大兄弟，还是不接？"

我点点头。

"这样吧，我帮你打个电话怎么样？"

"你帮我？怎么帮？"我纳闷了。

"用我们物业办的座机打，她也许会接。那个号码她肯定是存了的。毕竟物业很少打电话，要打电话都是有事。"

他说得很有道理。我真没想到，这个东北大哥会第二次救我。

"谢谢大哥！"

我跟着他来到保安室，里边有两部电话，其中一部是物业值班电话。他把座机设置为免提，然后拨通了阿姿的手机。

一声声缓慢的"嘀"传来，我紧张得两手心都是汗，只能捂在大腿上。还是无人接听。就在我心里放弃的瞬间，电话接通了。

“喂？”

那正是阿姿的声音。

保安大哥示意我先别说话，他先介绍了自己，阿姿说有什么事情吗？他这才换了个语气说：“冼老师，那个跟你一起喝醉酒的大兄弟在你工作室门前等两天了，要是你不回他的信息，他会一直在这里等你。”然后，他添油加醋地把我说得特别惨，我对这位东北大哥的口才十分佩服。阿姿那边长时间沉默着，我很怕她会突然挂掉。但她突然开口了，问道：

“他现在在哪里？”

“还在你工作室门口坐着呢。”大哥看了我一眼，“需要我去叫他吗？”

“不用了，我会联系他的。谢谢。”说完，阿姿挂断了电话。

“大兄弟，只能帮你到这儿了，等着吧。”

我买了一箱啤酒送给大哥，他说他现在上班呢，可不能喝。我把那箱啤酒放到保安室，然后从里边掏出一瓶，一个人又坐在阿姿工作室门前，小口喝着苦涩的温啤酒。大哥看我这样，也只能摇头叹气，忙他自己的事情去了。

过了一个小时十一分，我终于收到了阿姿的微信：

“阿良，我阿妈过世了。我不想跟任何人说话，请你理解。对不起，快回去吧。”

我犹如遭遇雷击，手里的啤酒瓶摔在了地上，碎了一地。脑海中浮现出了那个我想象中的失心疯老太太，她滑稽可笑，絮絮叨叨，脸上的皱纹多得吓人。

但是，她死掉了。

一股巨大的悲凉，让我如鲠在喉，泪眼迷蒙。

我该如何安慰阿姿？我无法安慰她了。

这世上没有任何人能安慰她了。

我呆愣许久，手有些颤抖，给她回了个信息，请她节哀，并告诉她，我会一直陪着她，在她需要我的时候，随时联系我。

她没有再回复。

我不知道她家在哪里，只知道不远处的那条大江与她是相通的。我起身，到保安室里拿了扫把簸箕，把碎瓶渣打扫干净。保安大哥看着我面如死灰的脸，连连叹气。也许是怕我想不开，他让我今晚就住在保安室。那保安室的床上满是我和阿姿同醉同宿的记忆，我现在哪敢轻易触碰。我谢过大哥的好意，一个人向珠江走去。

时已深夜，江边没有一个人影。“小蛮腰”那绚烂的灯光秀也熄灭了，露出灰色的骨架，那像是储存光焰的容器。

我俯身靠在石栏上，江风带来了寒冷，这一年马上就要过去了。我回忆着我跟阿姿一起望江的时刻。昏暗的江面上传来马达“突突突”的声音，一艘收集垃圾的小船从薄雾中显形，一个寂寞的工人站在船上，用长柄网兜打捞着水面上漂浮的垃圾。

阿姿的母亲，她是最后一个在水上长大的孩子吗？这沉默无言的江水还记得她的童年吗？

但愿这次阿姿依然能挺住……

我陷入一种奇异的伤痛及其带来的迷茫当中。我当然知道，我永远也无法抵达阿姿心中的疼痛程度。我不认识那个老太太，我伤心很大程度只是因为她是阿姿的母亲。我心底还升起了巨大的迷茫，我感受到了人生的那种不确定性。

本来，我们来到了一个风景优美的路口，在这个路口多走几步，我就可以见到阿姿的母亲，再多走几步，我们便可能改变我们的生活。但是，就在这个路口，就在这个时刻，阿姿的母亲忽然离开了这个人间，这同时改变了这个路口的走向。

这个路口的风景不再优美，犹如暴雨天降，或是冰雪肆虐，我不得不眯起眼睛，看到阿姿在巨大的冲击中瑟缩起身子，变得越来越小，几乎如石头一般了。我看不见她的眼睛，她也不再看我，我们即将相接的存在重新独立开来。

设计眼镜，大多数时候都是为了让人们更加清楚地看到这个世界，但是人们为什么会发明墨镜呢？仅仅是为了过滤强烈的阳光？显然不是。就像我之前说的，眼镜也在遮挡着什么，通常是让别人看不清我们。不过有时候，譬如此刻，我们也需要这样一款眼镜：让我们即便在能够看清事情残酷真相的时候，也能人为地将它放置在雾气弥漫的保护之中。

【薄雾】

我们一直努力要看得再清楚些

可很多时候，我们无法看清

更有一些时刻，我们不想看清

因为薄雾的后边隐藏着深渊

型号：009

材料：渐变色镜片；牛角镜框，显得稳重

设计人：希望能和阿姿一起完成

我凝视着江面上的薄雾，很久很久，意识逐渐虚幻起来，一时不知自己置身在何方。后来，有风吹过，对面高楼的顶层从薄雾中显露出来，几家未眠的灯光照进我的眼睛，才让我恢复了一些现实感。

10

回深圳吗？不。阿姿正承受着巨大的痛苦，我怎能就这样回去呢？我要住下来。也许明天，也许后天，等她情绪稍微好一点的时候，我便可以见到她，力所能及地为她做点什么。

走进距我最近的这家宾馆，柜台后的服务员一边给我办手续，一边看着手机里的抖音哈哈大笑。那笑声在深夜里显得有些空洞。我看到了他的手机屏幕：一只

哈士奇狗在看电视，而在主人回家的前一秒，它关了电视，俯卧在门口，像是什么也没发生过。

动物要在人类当中生存下去，也学会了欺骗。

不，我其实并不相信那个视频。动物不懂得欺骗，正如动物不相信死亡。我更喜欢电影《忠犬八公》里的秋田犬，它曾让我在深夜哭得稀里哗啦。它用一生等待已经死去的主人，只是因为它不相信主人已经离世。

当你深爱一个人的时候，死亡便是不可告知的，死亡成了一场自我说服的自残。这充分说明了爱是死的反面。

除非，你目睹了那个人的死亡。

中国人在亲人弥留之际，跨越千山万水来见，表面上是给对方一个安慰，深处则是因为只有目睹死亡才能放下爱的执念。

没有电梯，我疲惫地爬到三楼，躺在床上，可脑子里乱哄哄的，想象中的阿姿的母亲不时出现。假如我和阿姿结婚，我也要叫她阿妈的，她会把我当成那个闯了祸的儿子吗？假如真是那样，我会扮演下去的。

直到窗外晨曦亮起，我也没能沉睡。

我起身拉开窗帘，看到珠江近在咫尺，可确实没有听见“江声浩荡”。正如阿姿所说，江是沉默的，满怀心事。

喧嚣的不是江的声音，而是汽车行驶的声音，市场叫卖的声音，楼下争吵的声音，楼上装修的声音……喧嚣的都是人的声音，而其中最喧嚣的，却跟江声一样，是听不到的，那就是人们心底的声音。

此刻的阿姿，肯定听不见我心底的声音。而我真的能听到阿姿心底的声音吗？没有灵魂之间的亲密关系，我怎么可能分担她的痛苦？我始终只是一个外人罢了。

理解一个人的痛苦是容易的，但这种理解跟置身于痛苦相比，就显得太肤浅了。我忽然有了冲动，我要把阿姿在广州经历过的地方，全都实地走一遍。也许只有这样，我才能真正听清阿姿心底的声音，才能够真正接近她。

接近她的灵魂，让她对我产生来自灵魂的真正信任，她才会允许我跟她一起面对那巨大的不可化解的痛苦。

我来到楼下，开启导航，开始行走。我不会乘坐任何交通工具，要用脚一步步走在广州的街道上。

先去女子学院吧，那是阿姿成为她自己的最初之地。我独自一人站在栏杆外边，再次凝视着校园里墙上的画，恰好有一名女生走过，她勾着头，匆匆忙忙的，只留下一个背影。曾经阿姿也是这样的吧，阿姿似乎很少提到她的朋友，也许她就是孤独地在这校园里蓄积着力量。我还回想起了自己的青春，有些惆怅。我本想站在这里多看看的，但是门卫出来了，他盯着我看，眼神里充满了警惕与蔑视。估计他把我当成偷窥女校的色狼了吧，我只得离开。

接下来，去龙潭村吧。那是她走进社会的第一站。

太阳当空，尽管已经十月，可广州的溽热依然让人大汗淋漓。走了整整一个小时，我才走到龙潭村。

走进牌坊，来到内街，我看到了一个芜杂繁忙的世界。路上全是装满了布料的推车，后边跟着焦急的出租车和私家车。人们推拉着小车，走进更窄的内巷。我忽然想起阿姿说过的凶杀案，原本燥热的身体掠过一丝阴冷。

我抬头看着周围的楼房，其中必有一栋是她住过的。这里喧嚣依旧，繁华依旧，人心的希望、欲念，以及深渊依旧。我不由自主地把眼光再往上看，看到那无垠透明的蓝天。嗯，不会错的，那才是阿姿当年在这里的心境。

因此，我没有忘记她提到的七星岗，那个古海岸遗址。她在那里寻到了一个更深远的所在，从而安放着心灵的目光。

从村尾穿过高架桥，很快就到了七星岗。一道矮墙后边，竟然就是时间留下的可怕荒寂，那些赭红色的礁石依然保持着迎受海浪击打的姿势。

海岸线对人类来说，是一道实与虚的分界线。尽管这里的海水早已退向远方，可仍有什么牵动着人心。也许，六千年前，某个手持石器的人类先祖也曾在这里眺望过，我能感到他的目光充满了恐惧与希望。

我在这个特殊的地点，寻找着阿姿的目光。我凝视着那遍布凹坑的苍老礁石，感到我们的目光在六千年前相遇了，那无形而神秘的量子信息瞬间被激活，消弭了时空的阻隔，跟阿姿同频存在的感受，如六千年前的海浪般绵延不绝地呼啸而来，让我浑身战栗，不由得坐在岩石上，双手紧紧握住岩石的棱角，在心里轻呼她的名字——阿姿。

黄昏来临，阴影覆盖了周遭，我才依依不舍地离开。我继续出发，来到五凤村。这里的店铺密度之大，犹如蜂巢。我被震惊了。阿姿曾说，如果把这里的每个档口看一遍，需要花两年时间。我当时还以为她在开玩笑，有夸张的成分，但没想到她说的是事实。临走时，我看到宣传栏里的规划，明年这里就要拆迁了，要建新"国际创新谷"，还有设计师工作室。

这会让阿姿感到些许安慰吗？

回到宾馆，我精疲力竭。稍稍休息，喝杯水后，我给阿姿发了个微信，告诉她我还在广州，等着她的信息。简单洗漱后，我便躺下了。连续的失眠与今天的大强度行走，让我很快失去了意识。

早上醒来，打开手机屏幕，阿姿没有回信。在我意料之中。我似乎已经习惯了这种单方向的联系。但我深知，这种习惯是暂时的。因为我还在广州，跟阿姿在同一座城市。假如这样持续下去，等到我不得不返回深圳的那一天，我将会无比伤心，那很可能意味着我和她的彻底终结。

我要把我在她的“故地”看到的，分享给她。这些地方的变化她也许还不了解，而我对这些地方的感受，则与对她的思念缠绕在一起。

点开手机的文档，我开始给阿姿写信。我想一点写一点，可能词句不美，甚至前后文都没有关联，但我是真诚的。我先写了今天的见闻与感受。实地走过之后，跟此前想象的确实很不一样，那些街道，那些建筑，那些面孔，我闭上眼睛，就会重新浮现，仿佛那段岁月是我跟阿姿共同度过的。

阿姿的母亲过世，也让我想到了父亲过世时的很多事情。我发现自己是如此怀念他，可他在我心中的形象却在逐渐消散。记忆终究是会磨损的，不是因为我们不再珍视记忆，而是因为记忆的载体——神经元细胞是会衰老的。我要是能跟父亲多聊聊天该多好，而我总是惧怕他，离他远远的。我告诉阿姿，我哭得最厉害的时候，便是从火葬场的焚化炉捡出父亲骨殖的时候。

我们额外付费才让父亲享有单独焚化的待遇。要是父亲在天之灵知道，他一定不会同意的。他在生命的最后一年看破了生死，反复跟我们说，他的后事一定从简，骨灰随便找个地方撒掉，只要在横岗这片土地上就行。但是妹妹担心直接送出来的骨灰不纯，夹杂了别人的，便坚持要购买单独焚化的服务。我和母亲也不再拦着她。半个小时后，工作人员叫我们进去。妹妹忽然有些不敢进去，我和母亲让她等着。也是，妹妹还是不要看到残酷的景象为好。

尽管我有心理准备，但现实情况还是超出了我的预计。我看到父亲变成了一副白色的骨架，那白色如此纯洁，犹如光滑的白瓷，让我触目惊心。工作人员站在一旁，用铁钳指着骨架，对我和母亲说："要哪块，便敲碎哪块。你们自己来还是我来？"

"我们自己来。"母亲说。

她接过了铁钳，从脚开始，轻轻一碰，那地方就碎成小块了。母亲忽然号啕大哭起来，我接过了铁钳，让母亲也在外边等我。那个时候，我根本顾不得伤心，死亡的巨大阴影让人喘不过气。我从脚开始，每个部位都捡一点点碎片，放到提前准备好的黑陶骨灰盒里。最后，我轻触头颅，将头盖骨放在了最上边。这样，至少在我的感受中，父亲依然是一个完整的存在。

装好骨灰盒，将盖子合上，在外面又披了一方黄色的绸缎，我方才抱着它走出去。等在外面的母亲和妹妹抱在一起哭泣，看到我手中的盒子，她们的哭声骤然升高。我仍然没有哭，我紧抱着骨灰，跟母亲和妹妹坐上了开往墓地的车。我们怎能忍心将父亲的骨灰随意抛撒呢？我们只好违背了他的意愿，举办了一个简朴的葬礼。

想来父亲不会怪罪我们的，因为说到底，是我们需要一场葬礼，是我们需要一个跟他告别的仪式，是我们需要一个纪念他的地址。

这些事情通通都是为了我们，而不是为了他。他已经在最后的时刻完成了自己。

在车上，我手中的骨灰盒逐渐温暖起来。我当然知道那是骨灰的余温传递出来了，但那种温暖的手感，像是父亲以另外一种形式活了过来，而我把他捧在手里。我突然崩溃，泪水一直流，一直流，把骨灰盒上的黄色绸缎都浸湿了。

回想起那一刻，我很想再大哭一场。可我从未跟任何人说过这些，包括妹妹。这几天阿姿正在经历同样的至暗时刻，我把这些心底的隐秘都向她撕开和敞开，唯有如此，才能让她明白我愿意和她共同分担人生的困难与责任。

从早上写到天黑，不知道自己写了多少字，因为我不敢回看自己写的东西，很怕因为尴尬和胆怯而删掉。我将这个文档命名为“写给阿姿的话”，犹豫再三，还是发给了她。看到文档出现在对话框内的一瞬间，我感到了极度的虚弱。两天来，支撑着我行动的激情彻底耗尽。我这才想起，今天还没吃饭呢。

我躺在床上，打算休息一会儿再出去吃东西，可没想到直接睡了过去。等我再醒来时，周围极度安静，我拿起手机，看了下时间：凌晨三点十分。我进入手机界面，不抱任何希望，习惯性地点开微信，忽然发现阿姿在几分钟前给我回信息了！我直接从床上跳了起来，身体不小心撞到椅子上，发出了巨大的噪声，楼下估计被吓得够呛。

她只发了短短三个字：

“你在哪？”

但这三个字对我而言，就像是日出一样壮丽，我赶紧回复：“我在广州。”

“我知道。具体呢？”阿姿竟然还在线！

我也不知道该怎么描述，便直接把定位发了过去。我想跟她说，我一直在等她。

“你等着，我现在过去。”她回复道。

简直难以置信！我怀疑自己在做梦，于是，继续发信息给她："我一直在等你……"

"再等一会儿。"她秒回。

我的心都快化了，给她发了个大大的拥抱表情。

她说："把房号发我。"

"303。"我觉得从今以后，"3"会是我的幸运数字。

我将房间的灯都打开，洗了脸，剃了胡须，让自己彻底清醒。

不到半小时，有人敲门。我打开门，看到她不仅一身黑衣，而且在深夜还戴着墨镜，墨镜的线条下垂而悲伤，仿佛她的心境。

进门后，我便紧紧抱住她，她瞬间哭了起来。我也哭了，蓄积多天的悲伤、担心与委屈也倾泻而出。当我控制住自己的时候，感到她在我怀里像只受惊的小猫一样颤抖着。我劝慰她别哭别哭，轻轻摘掉她的墨镜，给她擦眼泪。我这才看到，她的眼睛已经红肿得不像样子了。

"哭多了，怕光。"她捂着眼睛说。

我让她在床上躺下，我关灯后躺在她身边，抱着她，她蜷缩在我怀里。

“为什么一直不回我信息？”我还是忍不住轻声问了一句。

这句话让她好不容易止住的哭泣，再次爆发。

“对不起，对不起……”我抚摸着她的背，“不管发生任何事，我都会陪你面对的。”

“我没法面对你，因为我还没法完全确信我们的关系。”她哽咽着说，“我对感情很认真，是要安身立命的，我还没准备好。尤其是阿妈突然走了，我的心完全碎了，乱了……”

我亲吻她的额头，不再说话，只是静静陪着她。此刻，她能在我身边，已经是对我最大的信赖了。至于今后，就交给时间与缘分。

外边起了喧嚣，清晨就要到来。忽然，我听到了一声汽笛声，那肯定来自一艘船，然后，我真真切切听到了江水拍岸的声音。

大船驶过后，江水拍击岸边，发出了深沉的波浪声，有些像大海的潮水。但不同的是，大海的潮水有种主动性，是向上飞升的，而这江水是被动的，因而是沉重的，它只能上升到一定高度，然后便下坠和远去。

深流的江水如果没有船的激发，依然是寂静无声的。就像孤独日久的人，总会陷入坚硬的沉默。

能用“江声”来命名眼镜吗？没什么不可以的。谁说眼镜只是为了看？我已经明白了，眼镜有时是为了遮挡，为了不看，那么，我觉得眼镜也可以抛开视觉，转而跟听觉发生关系。我忽然想到了李商隐的诗《暮秋独游曲江》。我记得这首诗还是因为妹夫。我当时很好奇，他怎么那么文艺？后来他说因为曲江在他老家附近，是唐代的皇家园林。我说他真是个家乡控，可他不承认，他说汉唐长安是所有中国人的乡愁。也许是吧。

那一年，妹妹跟陈春秋刚刚谈恋爱，有一次吵架后，陈春秋送给妹妹一束玫瑰花，花丛里还夹着一张卡片，上面就写着《暮秋独游曲江》的后两句："深知身在情长在，怅望江头江水声。"妹妹手持玫瑰，看了这诗，很快消气了。那时我还不知道我的"情"在何方，所以对后一句"怅望江头江水声"极为有感触。现在想来，那江水声可不正是望见的吗？

【江声】

你望见江在叹息
像是刚刚睡醒的人
想到了活着的重量
江声低沉，一路远去
带走两岸所有的杂音
包括心底的呢喃与呐喊
为了抛开这痛苦
连快乐也一并拿去吧
我们只是静静拥抱
在这江声中休憩

型号：010

材料：黄金，手工雕刻江水的纹理；镶嵌小钻，如大浪淘沙

设计人：这是一对专为我和阿姿设计的情侣眼镜，所以今后必须和阿姿一起完成

11

她在我怀里如此寂静，没有任何声响，我甚至都听不到她的呼吸声。我以为她睡着了，我甚至以为自己也睡着了。可她忽然开口说话："周六那天，我去监狱看完哥哥回来之后，特别想陪阿妈去散步。"

我这才意识到自己还醒着，并没睡着。我摸摸她的脊背，让她继续放松。

"阿哥在监狱里表现良好，他居然靠着自学取得了广州体院教育学的学士学位，这真是个好消息，他没有放弃自己。阿爸也很欣慰，他们父子俩隔着玻璃还哭了挺久。回到家后，我让阿爸在家里休息，我想带着阿妈去江边走一走。”

她的声音很细很轻，像是来自遥远的地方，但她说的每一个字我都听得很清楚。我依然没有说话，抚摸着她的脊背，让她继续说下去。说出来就好了。

“说来好奇怪，那天阿妈表现得特别平静，话很少，行为也很正常。我跟她说什么，她都很顺从。我和她走在江边，缓缓散着步，微风吹来，周围没人知道我阿妈是个病人。有那么一会儿，我都觉得阿妈的病好了，又变回那个健康阳光的妈妈了。熬了太多年，我真是有种‘守得云开见月明’的错觉，以为一切都好起来了。哥哥好起来了，我也好起来了，我还遇见了你，阿妈没有道理不好起来呀。我那样想着，开心得都要笑出声了。我想着第二天去深圳见到你，要当面把这些好消息分享给你。”

我心中一暖，但也知道马上就有很坏的事情发生了。我抚摸她脊背的手，不由变得有些僵硬。

“你知道，江边总有很多人钓鱼，有人钓上来一袋奇怪的东西，打开一看，发现是十几发有点生锈的子弹。我当时就在想，如果有一天江水干涸了，不知道会有多少秘密曝光出来。钓上来的人觉得这没什么大不了，但有的围观者坚持要报警。派出所倒是离得很近，就在旁边的珠江广场小区里。很快，一个民警匆匆忙忙地赶过来。警察来了，看热闹的人越来越多，将路都堵住了。这种混乱的场面显然刺激了母亲，她张望着那些人，忽然说出了哥哥的名字。我顺口回了一句：‘阿妈，你放心吧，阿哥挺好的。’她显然愣了一下：‘阿哥？阿哥？’她喃喃说着，似乎记起了什么。

“我有些担心，又有些期待，如果她能够记起我们该多好。但随即她又恢复了平静，像什么都没有发生一样。我放松了警惕，挡住去路的人群里忽然有人惊叫，我不由自主往里边多看了几眼，等我转头的时候，发现阿妈已经翻到了江边石栏的内侧。我不知道她怎么过去的，她那么老，那么弱，却忽然那么快，那么敏捷，我直到现在都难以想象。我急忙向她跑去，但是围观的人太多了，挡住了我的去路，而他们又被前方的事情吸引，没人留意到有个行为怪异的老太太。我看到阿妈手扶石栏，看着江上来往的彩船，嘴里嚷嚷着说：‘好靓的彩船呀，我是生活在船上的，我要回到我的船上去。’说着，她竟然笑了，那个笑容在彩灯的映照下格外分明。

“我疯了一样挤到她面前，就在我的手触到她的手准备拉住的瞬间，她跳了下去。我阿妈竟然跟小石子一样轻飘飘的，掉进江里只溅起极少的水花。她的身影一下子就没了，像是放生的大鱼重新回到了水里。我大喊：‘救命啊，救命啊，有人落水啦！’这才有人注意到。一位男子衣服都没脱，扑通一下就跳了下去。他真是厉害，阿妈很快被他救了上来。可是，虚弱的阿妈已经奄奄一息，当晚就在医院走了。阿妈临死前一句话都没有说，她没有留下半句遗言。她陷入了彻底的沉默。她不是昏迷，而是沉默。她微睁着干枯的双眼，就那么愣愣地看着我和父亲，那种感觉极为陌生。我阿妈从没有过那样的眼神，那眼神不属于她，也不属于这个世界。我害怕那样的眼神，那样的眼神让我知道，我这辈子没法安宁了。”

忽然，她撕心裂肺地大哭大喊起来：“我要是不带阿妈去散步，阿妈肯定还活着，是我害死了阿妈呀！”

我紧紧抱住她，在她耳边说：“阿姿，不是你害的，不是你，不是你……她这辈子太苦了，这是她的解脱。”

父亲病重的那些年，母亲经常在父亲睡着的时候嘤嘤哭泣，但是父亲走后，尤其是葬礼结束后，她便很少哭了。我和妹妹在整理父亲遗物时哭得难以自已，她跟我们说：“你们别哭了，你们的阿爸是解脱了。要是他还活着，他该多疼呀。”

我把这事讲给阿姿听，我说：“你阿妈也是解脱了，要不然，她还得受多少折磨。”我劝慰阿姿的同时，忽然感觉到父亲离我如此之近。他就在我的心里，从未远去。

阿姿哭泣的声音变轻了一些，可是我在黑暗中睁着眼睛，任眼泪流下来。她目睹了母亲的非正常死亡，从而背负了太沉重的罪恶感。她把自己当成了那个“非正常”的原因。但实际上，她的母亲随时都会因为任何微小的触动而死去，而面对着儿时的珠江一跃而下，更有种悲壮的意味。

“抱紧我。”她缩成一团，贴近我的身体。

我紧紧抱住她，她周身冰凉。我感到我们正在坠落，我要成为她的缓冲垫。

她终于能够接纳我，允许我跟她一起面对痛苦。

通过她的叙说，我了解到这段时间她母亲的后事都是由她父亲一手去处理的。阿姿很幸运，她不必像我那样去直面父亲的骨灰，但她的父亲，那个沉默寡言的“澳门仔”，怕女儿因为负罪感而伤心过度，甚至告诉女儿，他其实一直都很想杀死她的阿妈，然后再自我了结。这样的劝慰，反而让她更加痛苦。

“你最近先别回家了，就跟我住在这里吧，或是换个你喜欢的地方，这样应该有助于你恢复。”我说，“横岗那边也没什么事，不过就是一间小小的眼镜店罢了。只要你需要我，我可以一直陪你在广州住下去。”

她在我怀里点了点头。

我提醒她，给她阿爸打个电话，没想到她说：“我已经跟阿爸说过了。”

“什么时候说的？”我很纳闷。

“出门前呀。”她抱紧我说。

“那么晚你阿爸还没睡？”

“怎么睡得着，他每天晚上都醒着，经常来我屋里看我，怕我想不开。”

“被你这么一说，有些担心他。”

“我天天在家哭，才让他担心。我还是躲到你这里哭吧。”她说，“我每天都会联系他的。”

“那你跟他说你去哪里了？”

“男朋友那里呀。”

“他什么时候知道你有男朋友的？”

“那天去看阿哥的路上。”

“你哥也知道了？”

“是的。”

我心里暖暖的，有种力量在心底升起。那力量不是热血沸腾的冲动，而是像不远处的江水一般，笨拙、迟钝却沉厚。

从理性的角度，所有的道理她都明白，但人的情感波澜犹如深渊，不是仅仅靠理性就能够挣脱的。即便我做了很多心理准备，但现实情况还是超出了我的预计。

她不愿意出门，这好办，我叫外卖送上来。可我们简单吃过后，她要我陪她喝酒。我当然不能拒绝。正如前几天，在我最难熬的时候，是妹夫陈春秋陪我喝酒才度过去的。我现在也得帮阿姿把这段时间度过去。不过，情况比此前严峻得多，她不再只喝啤酒，还需高度白酒才能到量。

还能怎么办，舍命陪君子，我继续去卫生间抠喉吐掉。

她喝醉后，有时会安静睡着，有时会陷入癫狂状态，我紧紧抱住她，她低头便往我的胳膊上咬，疼痛让我失声叫喊。她心中的绝望暗流几乎也将我席卷，我的负面情绪也日甚一日。三天过后，我知道我们不能再待在这个房间里，我们要出门。我几乎是强制性地将她拽出了房间，拉着她来到户外。我们被明亮的阳光照得睁不开眼睛，然后我们戴上了形状诡异的墨镜，在街上随意行走，惹得路人纷纷侧目。现在唯独不敢去江边，那一定会触发她的痛苦机关。

我们用整个白天在街上走路，走到精疲力竭，然后晚上吃完饭便开始在房间里喝酒，同时播放着悲伤的音乐，好让她的情绪彻底宣泄出来。我跟她约定好，每天都要比前一天少喝一点，她同意了。就这样到了第七天的时候，我几乎要崩溃了。我每晚喝酒都要呕吐三次以上，对我的身体产生了巨大的伤害。

这天晚上，我呕吐一次后，食道和胃部一阵绞痛，我再吐，竟然吐出了一口鲜血。望着马桶里散开的那团鲜血，我捂着腹部坐在了地上，整个人疲惫不堪，虚弱至极。我像只病倒的动物，等待着自己的大限。也许是因为酒精的麻醉，我心间竟然并无恐惧，只有说不清楚的悲凉。

看我太久没从卫生间出来，阿姿过来找我。她推开门，看见瘫坐在地上的我，再一眼，看见马桶里的呕吐物和鲜血，她顿时被吓清醒了，用广东话尖声喊道：

“阿良！你冇嘢吧？你撑住，我马上叫白车。”

我向她伸出手，她握住了我的手。我让她不用叫救护车（也就是她说的“白车”），休息一下应该就能好。我不想去医院，只想和她多待一会儿。

她倒了一杯温水给我，我喝后能舒服一些。

“怎么会吐血呢？我好惊。”

“看你吓得，白话和普通话一起用。”

“哪有心情说这个。”

“阿姿，我的身体确实快撑不住了。”我把每次陪她喝酒都抠喉呕吐的事情跟她坦白了。

“你傻噶，干吗这样折磨自己？”

“我好中意你嘛。”这是我会说的不多的几句白话，也被她带节奏给带出来了。

“傻猪。”她的声音变得好温柔。

她用力把我从地上拉起来，紧紧抱着我。然后将我扶到床边，让我躺下休息。我们看着彼此的眼睛，好长一段时间没有说话。

“阿良，我下定决心了。”她握着我的手说，“我真的要戒酒。”

她还年轻，她的酒瘾主要还是心理上的，还不至于深入脑部神经，形成生理上的酒精依赖。现在所要做的，就是要让她转移注意力，压制那种虚无的腐蚀。

所幸的是，我自己的身体没什么大碍。好好休息两天，滴酒未沾之后，我的胃痛便大为缓解了。接下来，我的主要任务就是对抗她的酒瘾。只要她想喝酒了，我就牵着她的手出门下楼，无论是早上六点还是凌晨三点，拖着她在街上走到精疲力竭。

这种极端的方式确实取得了一定的效果。四天后，她终于不喝酒也能睡着了。我暗暗一算，从她来跟我住，竟然已经过去十四天了。可我总觉着像是置身在无比漫长的一天当中。时间几乎凝滞了，但这种凝滞与我遇见阿姿之前的那种凝滞相比，是完全不一样的。现在我的心中并不凝滞，凝滞的是酒精与悲伤带来的情绪低落。只要我抱着阿姿的时候，那种低落感便会消失大半。我能感到自己踏踏实实地活在此时此刻。

这天，我们沿街走了好远，她忽然说：“阿良，我想回家看看我阿爸，他一个人在家很久了。”

听她这样说，我很高兴，证明她能控制住自己的情绪了。我说那我也回深圳看看母亲，我出来挺久了，她一直非常担心我们。

“我们？”她停住了脚步。

“我们。我和你。”

她忽然有了笑容，说：“下次你跟我一起去看阿爸，好吗？”

“见家长吗？好紧张。”

“我阿爸会喜欢你的。”

我送阿姿回家，记住了她家的位置。她家离江很近，就在孙中山大元帅府后面，旁边是仲恺农学院。小区的楼体已经很旧了，但每层楼的阳台上都种着鲜艳的三角梅，花瓣犹如安静的火焰，让老楼焕发着一种奇异的生机。我暗暗感叹，怪不得广州叫“花城”。这是阿姿出生和长大的地方，那种历经岁月发酵的醇厚优雅也渗透在她的气质中。

她忽然转身对我说：“记住地方了吗？以后来找我，就不用再去找保安了。”

我差点笑出声来，但随即泪目，我好想立即跟她拥抱，但担心周围都是她熟悉的邻居，只能微笑着朝她挥挥手。我看着她走进单元门，感受着她上楼的脚步，良久之后，我才转身离开。

抬头看，一路之隔就是珠江，可我也不敢过去了。阿姿的母亲已经成为我和她共同的母亲。

我坐上出租车，刚刚跟司机说去南站，便接到了国麟的电话。

“听说你在广州，你在干什么？”他直接问道。

此前，他已经知道我和阿姿的相处，老是嚷嚷着要见见“弟妹”。我便将阿姿母亲过世的事简略跟他说了。

“阿良，我真觉得你很坚强。”国麟忽然用一种极为认真的口吻说，“你阿爸那么早就过世了，这些年你不容易……”

我没想到在他眼中，还有这样一个坚强的自己。这些年，我的生活比较灰暗，确实是勉力而活，但我从没想到自己是坚强的。

“我不坚强，但总得度过。”我这样对他说。

我陪着阿姿疗伤的这些日子，我坚信这个难熬的阶段终会度过的。

每一分每一秒，我们需要度过；一件又一件事情，我们需要度过；再到人的一生，我们也要度过的。无论是主动地度过，还是被动地度过，终究都是要度过的。但度过不是时间本身，度过是时间跟事件综合在一起的间隔。这就是我现在所能想到的关于活着的一个秘密，一个不可破解的秘密。

阿姿的哥哥出事后，对于阿姿的母亲来说，就是一次度过；阿姿的母亲患上阿尔茨海默病之后，又是一种度过；当她幻想着回到了儿时，跃入水中之际，也是一种度过；当阿姿承受着母亲的离去，靠酗酒化解这种悲伤的时候，还是一种度过。

“度过”当然也可以成为一款眼镜的名字。眼镜陪伴着我们，调整着我们跟世界之间的关系，是清楚一点，还是模糊一点，还是遮蔽一点，就是让我们度过时好受一点。

阿姿一定会对“度过”心有戚戚，希望她能顺利度过戒酒的阶段，然后跟我一起设计这款名叫“度过”的眼镜。

【度过】

从过去到现在

从那里到这里

我们恍然觉得自己

也能聊聊人生了

但是，从现在到未来

从这里到那里

我们依然一无所知

并因此充满恐惧

恐惧于度过是必然

恐惧于此心无法度过

型号：011

材料：黄金、铂金、牛角，不同的材料和谐相接，体现度过的每一个阶段

设计方向：这款眼镜从镜框到镜腿都应该设计成最优美的曲线，来呈现一种圆融无碍的关系

我现在更加理解阿姿了，她说设计终究是关乎思想与哲学的。确实，生命的体验最终都会落实在设计对象的细枝末节上，等待着另一个有共鸣的人接收这个信息。这是一个定制的时代，所以，不要要求每个人都理解你的想法，你总会找到自己的知音。你编码的设计信息经过破译后，将会在知音的心里爆发出强烈的光焰。

12

国麟打电话给我，是想告诉我他父亲退休了，准备宴请全村。

廖叔很年轻时就当了村主任，这里城市化后，乡政府变街道办，村委会变居委会，他又做了快三十年的居委会主任。他视野开阔，人脉广泛，手腕也硬，做成了不少大事。像是我去上班的国际眼镜城，就是他多方协调、招商引资后建成的。

这是一场为了告别的盛宴。

我有些恍惚，除了拆迁盖楼的那几年，村里人再也没有为了某件事齐聚一堂。廖叔的退休唤醒了某种记忆，也预示着一个新时代的开启。四十年前，我出生时，我们这里还是农田，现在已经完完全全城市化了，而且还属于中国最发达的城市地区之一。

人们围着廖叔，诉说着他的成果，频频给他敬酒。他身旁的几位长者谈论着过去的日子，稻田和眼镜混搭在一起聊，居然也浑然天成，毫不违和。

一个新时代不仅仅体现在这城市化的光鲜外壳上面，更是在人们的生活深处慢慢凝聚，让彼此碰撞与认同，从而形成与过去衔接却又崭新的价值。这种新的价值更加开阔，已经不局限于宗族与地域，而是不断突破各种界限，在新的整合中构成了我们高度浓缩和别具一格的历史。

我能看清这几十年的历史吗？我毫无自信，也许是到了回溯的时候了，廖叔的卸任便是一次重要的契机。

想到这里，我端起酒杯向廖叔走去。

我要敬他三杯酒。

古希腊哲学家说，太阳底下无新事。但是，人类对于新事情、新价值一直充满着渴望。现代以来，这种渴望变得越来越强烈，因为人类的能力提升得越来越快，能量变得越来越大。尤其是置身中国，这几十年来的快速发展，让人处于目不暇接的状态中，沧海桑田式的变迁让这几十年相当于过去几百年。而深圳、广州和港澳乃至整个珠三角，也就是被称作“大湾区”的地方，就像是中国经济的巨大马达，以最大的功率在运转、在驱动、在创新。因此，新事情和新价值已经不仅仅停留在渴望的层面上，而是一点一滴地融进我们的现实当中。我们必须注视那些正在生成的新价值，即便我们还无法深入辨析与判断。

【新价值】

历史的河流在加速

平稳的水面起了波纹

每道涟漪都是一条蜿蜒的道路

涟漪交汇之处

隐藏着新价值

见者方是智者

型号：012

材料：纯金，宝蓝色渐变镜面

造型：时尚与稳健兼容，形状可以大胆，如带弧度的梯形

13

很快，春节要到了。今年的春节比往年要早。我提着梅菜干、金柚、姜糖、桂花糕、霸王花米粉等客家特产去广州看阿姿。当然，此行还有个重要目的，就是见家长，不仅拜见她的阿爸，还要探视牢中的哥哥。

“大元帅府”后的那栋老楼前，粉红色的三角梅依然开得灿烂。我给阿姿发信息，说我到了。她让我上六楼。我刚刚上到五楼，看到有个驼背的老人从楼梯上走下来了。

“你是阿姿的男朋友？”老人打量着我问道。

我说是的，他点点头，对我笑了一下。

“我是阿姿的爸爸。”他的语音里粤味十足。

没想到他会亲自来接我，我有些紧张：“阿叔，谢谢您……”

他有些拘谨，嘴巴翕动着，似乎也不知道接下来该说点什么。他看上去很瘦，完全想不到他曾是足球教练。他转身招呼我上楼。他的白衬衣很干净，白得耀眼，也许是为我专门买的新衬衣。我有些感动。

进门后，我还是郑重其事地握了一下他的手。然后，我把礼品放在桌面上。桌上摆着一盆白色的蝴蝶兰，花萼是粉红色的，犹如一群蝴蝶展翅欲飞。老房间完全被一种奇异的祥和笼罩着。

“真好看。”我对他点头微笑。

他脸上又掠过笑容，说：“阿姿在里屋，你去看看她吧。”

我换拖鞋时，才看到对面的矮柜上摆放着阿姿母亲的遗照。她的那双眼睛里，充满了深深的忧郁，我不敢多看。想到她这一生承受的苦难，我的胸腔里犹如泥沙填埋，立刻喘不过气来。遗照前的小香炉里，有三炷香即将燃尽。我走上前去，点了三根香，深深鞠躬，再小心地插进香炉里。

“谢谢，有心啦。”阿姿的父亲在身后说。

走进里屋，我看到阿姿躺在床上休养。这段时间的巨大悲痛，以及酗酒、戒酒的反复折腾，让她虚弱不堪，前天来了一场寒流，她便病倒了。

“还很难受吗？”我关切地问。

“好多了，烧已经退了。”

她的大眼睛在略微昏暗的房间里显得格外明亮，她冲我微笑了一下，转瞬却又哭泣了。我赶紧俯身帮她擦去泪水，然后坐在床边，拉起她的手，放在怀中。

这时，阿姿的父亲提着袋子，准备出门买菜。临出门前，他还望着墙上的遗照出了会儿神，在心底跟她默默说着话。

他下楼后，我和阿姿拥抱在一起。

我闭着眼睛，闻着她的气息，觉得万事万物都平静了。

第二天，我跟着他们一起去探视阿姿的哥哥。

进到监狱，我有点紧张，每个人第一次来监狱都会有这样的感觉吧。人与罪人往往就是一念之差。里边很多人，如果当初换一个环境，肯定还在好好生活着。而我想起过去那些愤怒、冲动的时刻，也感到某种后怕。

探视室的顶上安着白色的摄像头，侧面的墙上贴着八个黑色大字："前车之覆，后车之鉴。"对来这里的人持续产生着威慑力。

警察叫了一个编号，我看到一个精瘦的青年人走进玻璃后的小房间。他穿着蓝色的囚衣，胸前有蓝白相间的条纹。他比我高半个头，极短的头发，脸上的胡须剃得干干净净，比照片看上去要沉稳很多。他的目光扫视过我，显然那瞬间就知道我是谁。

阿姿挽着我的胳膊，认真地将我介绍给他："哥，这就是阿良。"

我冲他笑笑，也叫了一声“哥”。其实，我比他还大两岁呢。他也冲我笑笑，那一瞬间，我有种错觉：我们根本不在牢中，而是在家里。

他们用白话聊了一些家事，我在旁边默默听着。有个很大的好消息：阿姿的哥哥因为表现良好，又获得了减刑。他们屈指一算，还有三年，他就可以出来了。他们高兴得哭了起来。我完全没想到会这么快，之前听阿姿说，她哥出来就成老头了，可事实上，他三年后出来，比现在的我只大一岁呢。不过，再转念一想，他十八岁坐牢，已经在里边度过了二十年，让人心惊胆寒。我不由想起了电影《肖申克的救赎》，不，不要误会，不是要越狱，是我希望他出来后能够尽快适应生活，还来得及，来得及。

一个小时的探视时间，很快就过去了。

“阿良，照顾好我妹妹。”阿姿的哥哥望着我，专门跟我说道。他的眼睛尽管噙着泪花，但目光中却有某种坚硬的东西，那是失去一切还要生存下去的人才有的眼神。那眼神让我深受触动。我忽然明白，真正的呐喊不是发自嗓子和嘴巴，而是出自眼睛——那种对世界的绝望盯视。

“放心，我会的。”我伸出手，跟他的手隔着玻璃相触。生命的气息穿越了玻璃的阻隔，完成了深层交流，我们仿佛早已相识多年。

跟阿姿回到家，吃了晚饭，我的心情依然沉重。我这才意识到此前自己对这种痛苦的理解还是太肤浅，见过她哥后，我才来到了痛苦的核心地带。有一个坐牢的亲人，就好像你的一部分也被关在了那里，他的痛苦像电流一样源源不断地传递过来。这种痛苦的强度与亲密关系成正比。一个母亲可以忍受自己的痛苦，却会被儿子的痛苦逼疯。

我深深吸了一口气，然后牵起阿姿的手，来到她母亲的遗像前，一起上了三炷香，磕了三个头。

阿姿哥哥带给我的触动一直挥之不去。短短一个小时的见面，应该会忘记很多细节，但随后这段时间，此前有些忽略的记忆居然重新变得清晰了。我想起他的鼻子，是很像他父亲的，而他的嘴唇则像他的母亲。这就像是我用眼睛拍了张照片，事后慢慢端详似的。之所以如此，我想一方面是他悲剧的命运让我产生了共情心理，另外一方面，也有着对我自身的一种感慨。毕竟他和我是同龄人，让我对自己的生命有了很多的反思。过去的二十年，尽管我是自由的，但我没能充分运用好这种自由，要不是遇见阿姿，我不知道还会浑浑噩噩到何时。因此，我很想专门给他设计一款眼镜，作为我这个“妹夫”的心意。

二十年的岁月像一座塔吗，镇压着一个不堪回首的过去；二十年的光阴像一阵风吗，吹过就了无痕迹？也许塔已经建在心上，成了坐标；也许风还在，你要迎着它走。我还是相信：人总是具有重新开始的能力。

【开始】

生命有很多次开始

有些开始很短，像早晨醒来

有些开始很长，像石头始终是石头

有些开始很珍贵

需要你把记忆变成石头

垒成一座城门

走出去

型号：013

材质：铂金、小钻石、菩提子穿成的细链

设计理念：垂下来，放下来，则自然有新开始。这不仅要成为一款很酷的眼镜，还要成为一款很有禅意的眼镜。因此，镜片也要用渐变色的。他肯定需要遮挡，他跟世界的关系还有些紧张。这眼镜会让他放松，有助于他缓解那种紧张我把这款眼镜的名称以及设计理念写下来，给阿姿看。她蛮有感触。她说："你这个关于'开始'的想法，我也常常会想到，而且也是哥哥带来的。他在里面太长时间了，进去是一次开始，出来又是一次开始。什么是开始？光有时间还谈不上开始，我们必须在时间中带着目的去做事情，当时间可以被历史另起一段讲述的时候，才能叫开始。"对她的这个说法，我表示万分赞同。我邀请她跟我一起设计这款眼镜，她说："这是你想到的，你就自始至终完成它吧，等阿哥出来那天，你亲手送给他，那意义是非凡的。你既然已经设计了眼镜，我就设计别的东西送他。谁让本小姐的本事大呢。"

你还别说，我好喜欢她那自信的语气。

14

正月十五，我跟阿姿坐高铁回深圳。

这趟早就计划好的旅程，因为意外延迟至今。想起在“小蛮腰”上的约定，竟有恍若隔世之感。因此这一路上，我和阿姿之间的话并不多，但我们比以往任何时候都亲近。我看看窗外的风景，看看她，再看看她望向窗外的目光，确认自己真的不再孤单了。

她穿着一袭白色吊带长裙，戴的眼镜是我们第一次见面时的那款，大弧度的镜片让她的眼睛更显明亮与温柔，铂金链坠在她的颈窝里，高贵典雅。那些时光的流转及其带来的聚合，悄悄蓄积心间。我们对视了一眼，我在心底默默对她说：阿姿，在你的唇上有我想说的话，在你的眼里有我试图看清的真相。如今，我是如此幸运，我和你的目光融为一体了，这合体的目光不仅让我们看清彼此的小世界，更让我们看清了一个浩渺宏阔的大世界。

“我忽然觉得自己已经来过好多次了，”她忽然笑着说，“其实就那一次。”

我在她耳边悄悄说：“那证明你跟我一样，是回家的心情。”

等我们走进家门时，母亲已倒好了娘酒在等待。阿姿有些犹豫，我这才想起，她说过滴酒不沾的誓言。

“阿姿姑娘，这是我专门为你酿的，尝尝吧。”母亲说着又急忙转身回房间，拿出一艘用竹篾编制的小渔船，乌篷、船桨、船舵、水桶，一样不缺，精巧动人，不知花了她多少心思与气力。她郑重地把小船放在阿姿的手上，说：“这是我送给你的见面礼，想妈妈的时候就看看。”

阿姿的眼睛瞬间湿润。

“它叫娘酒，”我说，“为了我们的娘，可以喝一杯。”

阿姿举起酒杯，对母亲说：“谢谢您，敬您。”

我赶忙作陪。娘酒下肚，我感觉周身都融化了，那种甜糯的口感因为酒精的催化而绵延不绝，正如母爱一般。

“谢谢阿姿姑娘，”母亲有些哽咽，“咱们都会好起来的。”

本届灯节的开幕式别出心裁，是在茂盛世居上演一场“活”的舞台剧。所谓“活”，就是观众不用正襟危坐，而是跟着演员四处走动，沉浸其中。

我牵着阿姿的手，回到了两百年前。我们看到了何氏兄弟如何建设，如何生活，如何救济大众的种种场景。看到何氏兄弟祭祀祖先的时候，我想起当年就是在这里，父亲带我和妹妹祭拜了祖先。我们当时祭拜的是何氏兄弟，而何氏兄弟在这里祭拜的则是我们祖先的祖先。生命的长河在历史的隐秘处始终流动着。

忽然有人拍我的肩膀。

我扭头，看到妹妹和妹夫一脸笑眯眯的样子。

“你俩去哪儿了？”我轻声问。

“感觉怎么样？”妹妹没理我的问题，手指画了一个大圈。

“这是你策划的？”我立刻明白了她那扬扬得意的表情。

妹妹捂着嘴笑了，扒在我和阿姿的耳边说：“还会有更大的惊喜哦。”

她话音刚落，周围的灯光全熄了，演员沉入黑暗中，犹如时光逝去的真相。人群有些骚动，以为发生了故障。就在这时，一阵海浪似的轰鸣声席卷而来，头顶出现巨大的亮光，让人睁不开眼。

“无人机！”有人惊呼。

无人机队列犹如科幻电影中的机械昆虫，它们的复眼闪烁着斑斓的光芒。重金属风格的配乐响起，冲击耳膜。无人机在夜空的幕布上写出“茂盛世居”四个字。四个字又幻化成“元宵灯节快乐”。然后，无人机聚拢成一颗红心，还在有力地跳动。

妹夫咧开嘴大笑，原来，这正是他策划的惊喜。

“这家无人机公司的App是春秋设计的。”妹妹说。

“嫂子，你下载个App，我送一架无人机给你，”妹夫对阿姿说，“我一直不知道送你什么礼物好，想来想去，还是无人机好，你可以用它来进行各种角度的拍摄，这会给你的设计带来很多灵感。”

“谢谢你，妹夫，”阿姿笑道，“阿良经常夸你酒量好。”

妹夫腼腆地笑笑，指着天空说：“快看，还有个彩蛋！”

无人机队列在夜空徐徐写出两句话：

时代需要一副大眼镜

才能看清那个野未来

“阿良，这不是你写的吗？”阿姿惊呼起来。

这让我也很吃惊，肯定是妹妹偷看了我的笔记本。我瞄了一眼妹妹，她朝我吐吐舌头。果真如此。

开幕式结束后，妹妹带我们拜访住在世居里的最后一家人。

这是一位九十五岁的老人，坐在老式木椅上，手持竹扇，用迟缓的语调说：“住在这里安心。”

我听后，心中一颤。我向窗外望去，那里就是风水林，高大的树木掠过屋脊，伸向夜空，像是舞台的布景，一时虚与实难以分清。

老人家的几个小重孙在院内尽情奔跑和玩耍，古老的庭院里回荡着他们稚嫩的声音，像是来自遥远的过去。

回到茂盛世居正门口，我们意犹未尽，来到月湖边上，看着灯笼在水中的倒影。微风吹过，细小的波澜让水面变得虚幻而缥缈，但也更美。美总是高于触手可及的事物。我蓦然想起，这里正是十几年前，我和妹妹陪父亲参观围屋后休息的地方。

“妹妹，阿爸在这里问我们的那个问题，你知道答案了吗？”我终于问出了那个尘封多年的问题。

“为什么先人们从梅州来横岗？”妹妹脱口而出。此刻，她的心间一定也浮现出我们陪父亲望着月湖的场景。

“是的，我到现在还不知道，真是惭愧。”

“没想到哥哥还记得这个问题！”妹妹欣喜过后，表情有些凝重，甚至紧张，仿佛要进行论文答辩。也是，在她心里，回答这个问题不仅仅是为我，更是为了天上的父亲。

她望着波光粼粼的水面说：

“清朝初年，沿海军事压力大，清政府不得不实行沿海内迁政策，整个深圳地界都在内迁范围内。等到康熙皇帝收复台湾后，便‘展界开海’，拿出优惠政策，招徕各地民众重回海边开垦荒地。梅州山多，因而一向人多地少，我们的先辈何氏兄弟，便响应号召，一路南下，来到横岗，凭着勤奋和智慧，盖起了恢宏大气的茂盛世居……”

妹妹转过头，望向我，我在她的目光中看到了对父亲的无尽怀念。

“明白了。”我说，想起了父亲提出这个问题时似笑非笑、有点顽皮的眼神，原来，他那时望着月湖的目光已经望穿了历史的雾霭。

父亲当年还说，明朝那个料事如神的刘伯温路过横岗时，留下一句话：“横岗为龙之腹，日后必昌隆。”数百年后，这里确实昌隆了，而且还在持续，远未终结。

“你从大西北来这里是为什么呢？”我调侃妹夫道。

我当然知道他是为了创业，而今他已经小有所成。也许，我的“程序猿”妹夫陈春秋以后会在腾讯、华为、大疆等品牌之外，创造出自己的品牌……在这里，什么都是有可能的。

妹夫愣了下，随即笑道：“我的答案很简单，就是为了这个历史学家。”

“你又跟我贫嘴。”妹妹笑着挽起妹夫的胳膊。

说着话，不知不觉就到了家门口。

母亲打开门，慈爱地看着我们。我们惊奇地发现，屋里没开电灯，只有灯笼发出的极为柔和又微微摇曳的光。

“好神秘呀。”阿姿感叹道。

“上灯咯。”母亲手里提着一盏灯说。

窗台上摆放着父亲的照片和祖先的灵位。

“上灯？”我愣住了。

这是客家人的一个古老风俗，生了儿子，会在祖先灵位前上灯，表示后继有人。

“你问你妹妹。”母亲说。

妹妹害羞地说：“哥哥、嫂子，我有宝宝了。”

这个消息足够劲爆，我还没来得及说话，母亲继续说道：“我要一碗水端平，女儿生孩子，也要上灯。而且，人的命在娘胎里就开始了，所以，今天趁着人齐，咱们就上灯祈福吧。你们在正式场合是怎么说的来着？与时俱进？创新？我们这也是！”

母亲说着这些词，不仅自己笑了，也把我们逗笑了。

我牵着阿姿的手，跟妹妹、妹夫站在一起，围拢着母亲，看着母亲把灯挂在了她事先准备好的吊钩上。我们凝视着明亮的灯芯，沉默良久。我偷偷看了阿姿一眼，她的眼镜和大眼睛里，映照着双份神秘的光。我感到这光从过去而来，照亮过父亲，照亮过阿姿的母亲，此刻，又照亮我们，照亮刚刚孕育的新生命。

这光注定还要继续照亮下去。

在横岗举办的眼镜设计大赛中，我斩获铜奖。在拿到证书的瞬间，我得承认，我是相当激动的。我终于成为一名真正的眼镜设计师了。

我最感谢的人，肯定是阿姿。在这里应该叫她冼老师。冼老师曾告诉我，未来的眼镜绝对是非功能性的，所以一定要大胆，不要拘泥于固定的模式。我思考很久，忽然从茂盛世居得到灵感。围屋是建造在大地上的，但如果从天空看，它倒是很像一个独眼的镜框。围屋本是团聚人们的，但如果围屋作为镜框，便意味着通过它，我们在团聚的同时，还能看到一个更加开阔的世界。而在望向遥远世界的过程中，又因为有着围屋的聚拢，我们的目光会变得更加深邃与稳重。因此，我的这款眼镜设计，便是将茂盛世居当成一种象征性元素，放进造型中。尤其是镜腿上的纹路，是从围屋屋顶的灰瓦排列中得到的灵感。我守在国麟给我介绍的工厂里，在阿姿和老师傅的帮助下，亲手让这款眼镜从图纸变成实体。

“酷！”连妹夫见了这款眼镜都对我竖起大拇指。当年，正是妹夫质疑眼镜在未来的生存权，如今能让他认同，算是不小的进步。不仅如此，妹夫下一步要把无人机和智能眼镜结合在一起，让人拥有一双天空之眼。

回首过去，我曾经对围屋有过偏见，不理解父亲对围屋的那种深爱。可现在我才领会到，人无法远离自己的文化，总会从中取得创造的灵感。关键是，我们看待事物的目光有没有智慧，能否将传统激活。

我想到最后住在茂盛世居里的那位老人，他说他住在围屋里感到安心，多好啊。因此，这款眼镜就叫“安心”。

【安心】

迁徙已足够漫长

将时间聚拢成空间

守住一颗脆弱的心

此心安处是吾乡

可未来已来，此心安否？

型号：000（这是我第一款设计成型的眼镜，是新的起点，我要铭记）

材料：乌金，牛角，珍珠

总重：26.88g

尺寸：56-19-140

这是一个创造的时代。科技的力量改变了太多，技术在技术的基础上像蚂蚁繁殖。我想，我们创造不是要征服万物，而是为了抚平心的躁动。万物谦卑，人又如何？人应该跟万物一样谦卑，并替万物谦卑地表达。如此，心才能安。我已经将我的想法凝铸在这款眼镜中，现在静候知音。

除了我获奖这件事之外，近来还有几件大好事。阿姿的设计展“水上世居”已经接近完成，这周六下午三点在珠江边的广东美术馆正式开幕。她利用巨大的凹面镜与凸面镜，营造了我们与历史之间复杂的观看关系。其中，母亲送她的小船被巧妙放置在一个凸面镜前。此外，阿姿还做成了一个慈善项目。她跟中山眼科医院合作，针对在校学生定期进行保护眼睛的宣讲，以及义务验光与配镜。

国麟受我的影响，也想拥有一款装饰性的眼镜。我打算把草图系列中的那款012号“新价值”亲手制作出来，送给他。我告诉他，这款眼镜的灵感来自他的父亲。我给他看了我写的文案，他很有感触，并告诉了廖叔。他跟廖叔商量后，计划把自家祖屋拿出来，跟我们一起合办设计公司，打造一个高端眼镜品牌，就叫“合金目光”。这是我眼镜店的名字，意味着专卖店是现成的。

“那你的‘眼镜帝国’怎么办？”我调侃道。

他倒是振振有词：“放心，在我的‘眼镜帝国’里会有‘合金目光’的专柜。”我得承认，这家伙是个商业人才。

妹妹和妹夫现在每周末都忙着在外边看房子，因为妹夫入选“深圳高层次人才”，获得了一笔数额可观的资助，他们终于可以大胆买房、踏实生娃了。我还是跟他说，有需要的话可随时抵押目前这套房，老哥我的承诺不变。陈春秋这小子连个谢字都没说，竟然说他不会客气的。

最大的喜事最后说。我跟阿姿订婚了！我跟她已经选好了婚礼的日子——我们见面一周年的日子，也就是我为她“倾倒”一周年的日子。此刻，我的心情异常平静，不再凝滞，也不再浮躁。我确信我的心安了。至少目前如此。希望未来也如此。

后记

新寻根、异风景与高科技神话

——“新南方写作”的美学可能

如果非要我说对地理风貌的喜爱，那么，出生在西北的我，还是更喜欢西部。在我的感受系统当中，西部的苍凉风貌更加对应内心的深层存在，那种具有强烈精神性的风景对我影响至深。

但是，我已经在岭南生活了二十余年。尽管仍然会有各种不适，可比起初来之际，早已是“驾轻就熟”。

在旅途中被人问起从哪里来，都会不假思索地说：“广州。”

文学是处境的艺术，一个作家不可能逃开环境对写作的影响。即便那些在南方寓居多年还在写着北方故乡的作家，假如我们细读他们的文本，都可以辨析出环境是如何重塑了他们的想象。

我无法想象萧红在东北能写出《呼兰河传》，她必须置身在遥远的、温暖的、现代的香港，才能看清故乡的一切。香港是她的望远镜，她用这架望远镜看向东北故乡，就如伽利略用望远镜看向月球一样，神话的美学消失了，但另一种美学诞生了。

一般来说，写作者不大考虑这些事情，他所看重的是如何表达，而不是为何会如此表达。后者体现的是批评家的智慧。

对我的变化，批评家杨庆祥敏锐地捕捉到了，他写道：“在王威廉较早的作品中，比如《听盐生长的声音》，还能看到非常明显的西北地域的影响，作品冷峻、肃杀。这种完全不同于南方的地域生活经验或许能够让他更敏锐地察觉到南方的特色。从生活的角度看，与其他原生于南方的作家不同，王威廉更像是一个南方的后来者，他最近的一系列作品如《后生命》《草原蓝鲸》引入科幻的元素和风格，构建了一种更具有未来感的新南方性。”读完这段论述，我深感惊异，因为我总是觉得自己的写作是超越地域的，是在寻求着具有普遍性的思想，但事实上，南方之南的地理环境，居然不仅渗透进了我的日常生活，还渗透进了我的思想构建。

因此，我不得不格外重视起“新南方写作”这个批评概念。

庆祥的这篇文章有个比较长的标题：《新南方写作：主体、版图与汉语书写的主权》，呈现出丰赡的视野，未来的学者假如要研究“新南方写作”这个文学现象，这篇文章是绕不开的。

文章对“新南方写作”的理想特质做了四个方面的界定：地理性、海洋性、临界性和经典性。“地理性”和“海洋性”比较好理解。其实，海洋性也是一种地理性，只不过传统的中华文明是大陆型的，对“海洋文明”的强调，所召唤的是一种未来性。

“临界性”从字面上看比较费解，但在我看来，这是关于“新南方写作”界定中最重要的概念，值得全文照录：

“这里的临界性有几方面的所指，首先是地理的临界，尤其是陆地与海洋的临界，这一点前面已有论述，不再赘言。其次是文化上的临界，新南方的一大特点是文化的杂糅性，因此新南方写作也就要处理不同的文化生态，这些文化生态最具体形象的临界点就是方言，因此，对多样的南方方言语系的使用构成了新南方写作的一大特质，如何处理好这些方言与以北方方言为基础的标准通用汉语语系之间的关系，构成了一个挑战。最后是美学风格的临界，这里的临界不仅仅是指总体气质上泛现实写作与现代主义写作的临界；同时也指在具体的文本中呈现多种类型的风格并能形成相对完整的有机性，比如王威廉的作品就有诸多科幻的元素，而陈春成的一些作品则带有玄幻色彩。”

无疑，“临界性”是对“新南方写作”的“异质性”的一次重要命名。正是在这些复杂多样的“临界性”中，才显露出了丰富的异质性。

关于第四点，所谓的“经典性”，不是指已经成为经典，恰恰是说“新南方”相较于已经涌现出众多经典作品的北方、江南等地，它在经典上是匮乏的，是未完成的，而它的这种异质性，在美学上的终极状态，则必然要以经典的方式来凝聚。

——这四个方面的界定，不仅让“新南方写作”这个批评概念呈现出了相当清晰的面目，而且让我涌起了某种写作的冲动。好的批评便是如此，不只是下结论，更是启示录，往往能激发出更多的作品来回应这种美学的可能。

其实，关于“新南方写作”的话题，在许久之前我就参与了探讨。庆祥对此在文章中也有提及：“2018年11月举行的《花城》笔会上，我和林森、王威廉、陈崇正、陈培浩在南澳小岛上就‘新南方写作’做了认真的非公开讨论，并计划在相关杂志举办专栏。”我记得当时还远程邀请到了青年批评家唐诗人，他以“音频连线”的方式也参与了这次非公开讨论。随后沉寂颇久。直到2020年，陈培浩在《韩山师范学院学报》（第4期）推出“新南方写作”的评论专辑，这个批评概念才首次正式亮相。陈培浩作为主持人的文章《“新南方”及其可能性》提出“新南方写作”这个概念是面对未来与可能的，应该成为阐释当下广大南方之南写作现象的批评装置。在那个栏目里，由徐兆正、刘小波、朱厚刚、陈培浩、杨丹丹、宋嵩六位批评家，论述了罗伟章、卢一萍、朱山坡、林森、王威廉、陈崇正六位作家。我在重新回顾之际，感兴趣的是罗伟章与卢一萍两位巴蜀作家的在列，意味着“新南方”的地理空间并非狭隘的，更是指向一种美学上的创造。

时间到了2021年，重要的学术期刊《南方文坛》（第3期）也推出了“新南方写作”。在栏目的主持语中，张燕玲主编写道：“我们探讨的‘新南方写作’，在文学地理上是向岭南，向南海，向天涯海角，向粤港澳大湾区，乃至东南亚的华文文学。”然后，她解释了何为“新”：“以示区别欧阳山、陆地等前辈的南方写作，是新南方里黄锦树的幻魅，林白的蓬勃热烈，东西的野气横生，林森的海里岸上，朱山坡的南方风暴……文学南方的异质性，心远地偏。”在她为“新南方写作”勾勒的简笔画中，有两点值得重视：首先，“新南方”的地理空间是极为广阔的，远远超越了一省一市的画地为牢，它是敞开的，绝非一种争夺话语权的政绩思维；其次，异质性是“新南方写作”最重要的艺术特点，换句话说，并非所有在这个地理空间中产生的文本都可以自动成为“新南方写作”，其中只有那些具备了强烈美学特征的文本才能称得上是“新南方写作”。显然，张燕玲有力地呼应了杨庆祥和陈培浩的批评观念，让“新南方写作”挺进了主流的文学场域。

即便我个人不属于“新南方”，我依然非常希望这个批评概念能成为中国文学的一次话语突围。因为，中国文学进入21世纪至今，以往的全部批评概念几乎都在失效，只剩下了以代际为主的批评概念。在今天做文学批评，甚至可以不读作家的作品，只看作家的出生年代，然后将作家归入“××后”便可了事。如果说，一开始这只是对“几代同坛”的作家进行区分的权宜之计，有着一定的合理性，但长期沉浸在这种丧失美学特质的批评概念中，文学仿佛变成了一条自动运输带，出现了很多违背常识的现象，比如，出生时间相近的作家，写作风格就必然是接近的吗？文学新面孔就一定代表了文学之新吗？出生于1979年或1989年的作者，与出生于1980年或1990年的作者，真的存在着某种断裂吗？……时过境迁，这种“××后”的批评概念越来越成为一种美学上的偷懒，从而造成一种严重的后果：作家变成了不同批次的同质商品，作家个体间的差异性与异质性变得越来越不重要。而我们深知，文学的灵魂是植根于差异性与异质性中的。而在这种大背景下，“新南方写作”这个批评概念显得生机勃勃，它想要从机械论的荒原上逃出，重新探寻一种写作美学的可能性。

更何况我已经生活在“新南方”，这个概念促使我重新反思自己许多固有的观念。比如说，我热爱西部的风景，觉得其中有着极高的精神性，但这种对西部风景的印象认知与某种文化建构究竟有没有关系？经济与文化的关系一直被人津津乐道，经济发达的地方往往人文鼎盛，而西部在经济上无疑是贫瘠的，它如何占据了文化上的高地？这些问题不易回答，而我越是思考“新南方”的当代语境，越是接近了这些问题的内核。

从大历史的视野看，在古代的大陆文明时期，西部才是文明的前哨，一直处在中华文明与其他文明的激荡交汇之中，正因如此，西部文学才能够汇入中国文学的主流。那么，反过来说，如今处于海洋文明时期的南方，恰如当时大陆文明时期的西部，这种东西文明之间的激荡交汇也已历经百年，正在挺进全球化的纵深之地，其中的困境与希望已经不限于一个民族一个国家的内部，而是属于全人类。“新南方写作”不仅要汇入中国文学的主流，更要汇入世界文学的主流。

当我意识到这种历史处境，便从整个文脉的流转中，从中心与边缘的对话中，充分感知到了这个批评概念所蕴含的积极活力。

我从写作的角度，尤其是结合自己创作的角度，试着从新寻根、异风景与高科技神话这三个方面简单谈一下我对“新南方写作”的理解与期待。

寻根文学是新时期文学影响最大、成就也最丰的文学潮流，在其影响下，作家要建立自己的地理根据地的观念曾经风靡一时，莫言的高密东北乡，贾平凹的商州，苏童的枫杨树故乡等，都已经成为当代文学版图里的重要地标。但是，今天的生活在城市化进程与互联网技术的作用下迅速同质化，传统的故乡生活及其秩序正在被抽空而解体，人们被裹挟到了一种无根的状态中。但是，人真的能彻底失去大地的根基吗？那是很难的，也是危险的。因此在写作中，即使不必有个小根据地，重新恢复人与土地的关系也是极为必要的。人将在一个更大的空间里面接受环境的改变、塑造与影响。接续寻根文学，走向新寻根是“新南方写作”的必然。

如果我们把“新南方写作”不局限于当下，那么在我看来，韩少功的小说《爸爸爸》《马桥词典》已经构筑了“新南方写作”的许多母题。差异甚大的方言曾经让“新南方”保持在一种荒蛮与喑哑当中，遮蔽与反抗构成了一种暧昧的同构关系；那么在今天，“新南方”

显然在寻求着一种敞开与确立，这种语境的微妙变化将给写作带来怎样的新变？一个讲普通话的马桥人，该如何叙述自己的故事？他需要一本新的词典还是他的故事逐渐被稀释掉？

我曾在广东北端的梅岭古道抒发过怀古思今的幽情，历史上那里接纳过无数南下的流放者，包括苏东坡，而如今，无数的人主动南下是为了追求人生的更高梦想。“新南方”变得更富庶更安定，正如海南作家林森在《蓬勃的陌生》一文中提到的，“当北方乡村陷入凋敝之际，南方的乡村却依然保持着活力”。当然，北方乡村这些年也在努力恢复生机，但与“新南方”相比，对于政治力量的需求更大，而“新南方”则远离政治中心，一直有着绵延的宗族认同，隐藏着暧昧的民间世界。

不过，在这里要强调的是，新寻根一定不是仅仅寻求“新南方”这块地域的文化之根。新寻根的“根”，是复数的。以广东为例，多年来，广东不仅经济总量全国第一，人口数量也是全国第一。它的人口构成不像传统的人口大省，如四川、河南，是靠本地人的生产，它的人口是缘于移民的汇聚。比如在广州开出租车的大部分都是河南人，做布匹生意的大部分都是湖北人，还有大量的湖南人、江西人、广西人、四川人、东北人……像作为移民的我，可以寻广东之根，也可用“新南方”的望远镜寻西北之根，或许还可以借助朋友，寻到某个其他省份的根。这种不同的根系盘根错节，彼此缠绕，构造了一个开放的文化生态。其实，何止是中国，在广州还生活着数以万计的外国人，尤其是非洲人、中东人，他们的故事几乎没有进入中国故事，而没有他们的中国故事是不完整的。所以，当《广州文艺》邀我谈谈“新南方写作”，我无法拒绝。

新寻根，也寻文脉之根。

以江南地区为代表的中国文学，早已是中国文学最重要的文脉。唐代以后，随着经济中心从关中转移到江南，文脉中心也逐渐转移到了江南。“新南方”与江南的关系，无疑是一种对话性的关系，而非一种争夺话语权的关系。这也是我最担心“新南方写作”被庸俗化误读的地方。在这个问题上，出生在泛江南地区（安徽）的庆祥说：“我将传统意义上的江南，也就是行政区划中的江浙沪一带不放入“新南方”这一范畴，因为高度的资本化和快速的城市化，‘江南’这一美学范畴正在逐渐被内卷入资本和权力的一元论叙事，当然，这也是江南美学一个更新的契机，如果它能够意识到这一点并能形成反作用的美学。”我不确定江南是否已经陷入一元论叙事当中，我能确定的是江南为中国当代文学贡献了半壁江山。中心与边缘的关系，是文明前进最重要的动力机制：没有中心，边缘是涣散的；没有边缘，中心将会迅速腐朽。在江南的主流文脉之外，“新南方”是另一片独特的壮阔风景，当它的喑哑与沉默被照亮，一定会给中国文脉汇入一股新的美学特质。如果江南美学在这种对话中获得了反作用力，产生了反思性的新变，无疑也属于“新南方写作”。

我特别能理解庆祥在那篇文章开头，用很大篇幅谈论黄锦树的作品，因为我也曾被黄锦树所“惊吓”。我还记得第一次读黄锦树的小说是《死在南方》，那是一个台风侵袭的暴雨之夜，小说里东南亚丛林的腐烂气息瞬间就充满了我的体腔。我所感兴趣的是，黄锦树在地理的边界之外，以一个不充分的他者，用想象触摸了边界内部的文化，而他触摸的手势带来了遥远的气息，也搅动了某种尘封日久的幻觉。我所置身的地理位置，与他不算太远，所以那种感受的程度还相当强烈。庆祥警惕研究者在面对黄锦树时，会陷入到那种“风景化”的假面里边，而忽略了黄锦树的更大意义。这个是自然的，不过，我想从写作者的角度专门谈论一下风景，事实上，只有少数作家才有能力创造出真正的风景。

柄谷行人在谈论日本现代文学的时候，专门用一章谈论“风景的发现”。不是说在传统的日本文学中没有对风景的描写，而是古典的风景描写是与古典的人文话语纠缠在一起的。当风景被置放于现代性的话语中，原本的主客交融、山水界定便被打破了，作家被迫要用一种全然个人化的目光来重新书写风景，这便是风景的发现。作家奈保尔在《作家看人》里面，也专门提到了诗人沃尔克特对于加勒比海风景的这种发现。中国现代以来的文学同样如此，这个风景的发现过程远未结束。相较于西部壮烈的风景，“新南方”的风景被密布的丛林所覆盖，还有大海的阻隔，本身就是隐蔽而神秘的。除此以外，西部的风景与江南的风景一样，已被过度表达，需要新的发现，而“新南方”的风景则表达得还非常不够，有着更多的未被词语染指之地。但是，归根结底，风景本身并不重要，为了风景而风景，便是风景的“假面”了。正如庆祥认为黄锦树的重要性“是在回应严肃而深刻的现代命题，那就是现代汉语与现代个人的共生同构性”。风景的背后是主体对世界的重新打量，重新赋形，重新塑造。“新南方写作”假如要彰显某种奇异的风景，那一定是为了表达自然、文化、语言与个人的复杂关系。

至于高科技神话，则是我近年来极为关注的话题。高科技正在席卷一切，不仅改变了人们的诸多观念，而且深入到日常生活的细枝末节，从而改变了我们的生存现实。高科技对于大众文化来说，已经构成了一种神话叙事。就我比较熟悉的广州和深圳来说，这里诞生了腾讯（微信）、华为、华大基因、大疆无人机以及各种新能源电车，等等，似乎在这里诞生任何高科技的奇迹都不令人意外。我和韩少功先生在“测听时代修改的印痕”对话中，一致认为现在的高科技制造了一种新神话，文学重新开始复魅，酝酿着一种高科技神学。尽管中国的很多地方都有高科技研发机构，但我之所以将高科技神话放置在“新南方写作”的范畴中，是因为我感兴趣于“新南方”这片地域文化的巫魅与高科技神学的诡异并置。这就好比在许多小说或电影中，“科幻”与“奇幻”的边界并不清晰，例如预知未来的能力，既可以设定成一种创新机器，也可以设定成某个巫师的超能力，在读者或观众看来都是可以接受的。科技创造奇迹的能力对于大众而言，已经与巫术无异。因此，我设想这种高科技神话如果与新寻根、异风景相结合，真不知道会碰撞出怎样璀璨的思想火花，产生出怎样耀眼的美学形态，一种未来诗学似乎近在眼前。

以上种种感慨与思想，构成了我写《你的目光》这部中篇小说的初衷。我从深圳横岗的眼镜产业获得灵感，聚焦一个很少有人关注的职业：眼镜设计师。这肯定是暗含隐喻的。我们跟世界之间的中介物不是别的，正是目光，只有更新我们的目光，我们才能看到一个更加开阔、更加细腻的世界。小说里相爱的两位主角，一位是来自深圳的客家人，一位是来自广州的疍家人。客家人和疍家人是“新南方”地理空间内很有代表性的两个族群：前者在大地上不断迁徙，寻找着新家园，成为世人眼中永远客居的客人；后者在水面上世代漂泊，生老病死都在船上，被世人视为虫豸般的怪物（“疍”即为“蜑”，本义是鸟、龟、蛇等生的带有硬壳的卵）。祖辈们艰辛的生存史给年轻的眼镜设计师带来了真正的创新灵感，随着新眼镜的成型与诞生，他们看待彼此、看待过往、看待生活以及看待未来的目光，都发生了根本性的改变。他们给一起设计完成的精品眼镜取名为“世居”，设计文案是这样的四句话：

住下来，因为大地是稳定的

住下来，即便水面是晃动的

住下来，生命靠繁衍穿越了时间

住下来，空间向所有的生命敞开

从终极意义上来说，“新南方写作”的精神向度亦是如此。

王威廉

2022年2月22日